SHODENSHA
SHINSHO

古典と歩く大人の京都

適菜　収

JN107900

祥伝社新書

はじめに　京都に行こう

京都は楽しい。

何度行っても、楽しすぎる。

日本の古典を読んでから京都に行くとさらに楽しい。『源氏物語《げんじものがたり》』『平家物語《へいけものがたり》』『枕草子《まくらのそうし》』『徒然草《つれづれぐさ》』『大鏡《おおかがみ》』『方丈記《ほうじようき》』……。街をぶらぶら歩いていても、古典に登場する数々の名所や地名をあちこちに発見することができる。

それにより、日本の歴史をより身近に、より立体的に感じるようになる。

たとえば『源氏物語』の主人公である光源氏《ひかるげんじ》が、瘧病《わらわやみ》の治療のため、北山《きたやま》の修験《しゆげん》僧《そう》を訪ねるシーン。そこで一八歳の光源氏は一〇歳の若紫《わかむらさき》（紫上《むらさきのうえ》）を見出すことになる。

では北山とはどのあたりにあり、都の中心からどのくらい離れているのか？

実際に、鞍馬寺《くらまでら》や貴船《きふね》神社に行けば、その距離感も肌でわかってくる。

京都に何回か訪れ、バスに乗ったり、地下鉄に乗ったり、あるいは迷子になったりするうちに、脳内に鳥瞰図のようなものができてくる。そうなると今度は、精神的な余裕が出てきて、地名の由来、道と道がつながり、史跡の位置関係もわかってくる。そうなると今度は、精神的な余裕が出てきて、地名の由来、神社仏閣の歴史、庭園や京料理の背後に流れている思想のようなものも気になってくる。

こうなると、ますます京都が楽しくなり、ハマっていく。

そして時間を見つけては京都に行くようになる。

私もそうだった。

初めて京都に行った中学校の修学旅行では、「四条烏丸《しじょうからすま》」を「よんじょうとりまる」と読み違えたが、少し大人になって古典に接するようになると、「あ、この寺は兼好法師《けんこうほうし》の『徒然草』に出てきたな」と思ったり、あるいは寺の案内板に「平家物語ゆかりの地」などとあると、該当部分を探して詳しく読んでみたくなったりする。京都の旅を終え、自宅に戻ってからじっくり古典を読むのも楽しいものだ。

とはいえ、古典を読みこなすのはハードルが高いと感じる方もいるかもしれない。

そこで本書では、京都散策をより楽しむために、名所と古典をリンクさせ、私が感じた印象などをまとめてみた。

本書で紹介するのは、いずれも、古典を読んでいるうちに、どうしても私が行きたくなった場所である。そして実際に訪れてよかったと思う場所でもある。

なお、本書で紹介する寺社の由来や古典の訳は、参考文献に挙げている書籍から引用、参考にさせてもらい、ふりがなは適宜加除した。本書で古典に興味を持ったなら次のステップとして是非それらの書籍を読んで欲しい。

適菜 収

目次——古典と歩く大人の京都

第二章　洛北への旅

第三章

嵐山を歩く

貴船
鞍馬山
船神社
鞍馬寺
寂光院
大原
三千院
鞍馬駅
貴船口駅
実相院
岩倉駅
比叡山
延暦寺
叡山ケーブル
八瀬
比叡山口駅
比叡山
上賀茂神社
宝ヶ池駅
宝ヶ池
北山通
修学院離宮
曼殊院門跡
一乗寺
叡山電車
徳寺
雲林院
下鴨神社
賀茂川
詩仙堂丈山寺
白川通
地下鉄烏丸線
出町柳駅
慈照寺（銀閣寺）
堀川通
京都御所
河原町通
東大路通
吉田神社
鹿ヶ谷
大文字山
金戒光明寺
禅林寺（永観堂）
条城
東山
東山駅
南禅寺
烏丸御池駅
三条駅
蹴上駅
四条通
八坂神社
毘沙門堂
烏丸駅
祇園
西行庵
高台寺
五条通
天智天皇陵

京都マップ（北）

北山
高山寺
高雄
西明寺
神護寺
源光
光悦寺
鹿苑寺（金閣寺）
龍安寺
大覚寺
北野天満
仁和寺
化野念仏寺
広沢池
嵯峨野
祇王寺
清凉寺
北野
白梅町駅
妙心寺
小倉山▲
二尊院
嵯峨嵐山駅
太秦駅
丸太
常寂光寺
野宮神社
山陰本線
広隆寺
天龍寺
嵐山駅
地下鉄東西線
嵐山
法輪寺
太秦天神川駅
阪急
嵐山駅
京福電鉄嵐山線
梅宮大社
丹波口
松尾大社
松尾大社駅

蹴上駅
鴨川
八坂神社
烏丸駅
祇園
西行庵
高台寺
毘沙門堂
清水五条駅
五条通
天智天皇陵
山科駅
東本願寺
六波羅蜜寺
清水寺
河原院跡
正林寺
元慶寺
三十三間堂
京都駅
泉涌寺
東海道新幹線
京都駅
東京
東福寺
椥辻駅
大石神社
伏見稲荷大社
小野駅
随心院
竹田駅
醍醐寺
藤森神社
醍醐駅
城南宮
墨染駅
JR藤森駅
奈良線
石田駅
伏見
桃山駅
六地蔵駅
法界寺
日野南山
寺田屋
中書島駅
木幡駅
宇治川
向島駅
萬福寺
黄檗駅
近鉄京都線
三室戸寺
宇治
宇治橋
宇治上神社・宇治神社
小倉駅
宇治駅
平等院
伊勢田駅

京都マップ（南）

梅宮大社
京福電鉄嵐山線
松尾大社駅
西大路通
桂
西芳寺（苔寺）
西京極駅
丹波
上桂駅
京都鉄道博物館
桂離宮
西大路駅
桂駅
大原野
洛西口駅
大原野神社
桂川
向日町駅
東向日駅
十輪寺
（業平寺）
鳥羽殿
向日神社
善峯寺
光明寺
乙訓寺
西向日駅
東海道本線
長岡京
長岡天神駅
長岡京駅
長岡天満宮
京阪本線
淀駅
京都競馬
淀水路
山崎駅
木津川
淀川
石清水
八幡宮駅
島本駅
石清水八幡宮
新大阪

本文DTP　アルファヴィル・デザイン
写真　『京都フリー写真素材集』　https://photo53.com/

※地図は国土地理院地図GSI Mapsに基づいて作成。

第一章

洛東への旅

河原院跡《かわらのいんあと》

【住所】京都市下京区木屋町通五条下る
【最寄り】京阪電車「清水五条」駅より徒歩二分

源融《みなもとのとおる》（八二二〜八九五）は平安初期の公卿《くぎょう》で、「小倉百人一首《おぐらひゃくにんいっしゅ》」の河原左大臣《かわらのさだいじん》として知られている。また、『源氏物語』の主人公である光源氏のモデルのひとりでもある。嵯峨《さが》天皇の皇子として生まれ、のちに源の姓を賜《たまわ》り臣籍《しんせき》に下った。貞観《じょうがん》一四（八七二）年には左大臣に任じられるが、その後、融よりも下位にあった藤原基経《ふじわらのもとつね》が摂政《せっしょう》となったことで政界を去り、鴨川《かもがわ》近くに営《いとな》んだこの河原院《かわらのいん》や宇治《うじ》の別荘（のちの平等院《びょうどういん》）、嵯峨の棲霞観《せいかかん》（のちの清凉寺《せいりょうじ》）で風流な生活を送った。死後、河原院を譲り受けた宇多《うだ》上皇の前に亡霊となって現れるも、一喝されて消え去ったという話が、平安時代末期に成立したとみられる『今昔物語集《こんじゃくものがたりしゅう》』にある。能の「融《とおる》」はこうした伝説を下敷きに作られたもの。

平安時代に成立した歌物語である『伊勢物語《いせものがたり》』には次のようにある。

むかし、左の大臣いまそかりけり。賀茂川《かもがは》のほとりに、六条わたりに、家をいと面白く造りて住み給ひけり。神無月《かんなづき》のつごもりがた、菊の花うつろひさかりなるに、紅葉の千種《ちぐさ》に見ゆる折、親王たちおはしまさせて、夜ひと夜、酒のみし遊びて、夜あけもてゆくほどに、この殿のおもしろきをほむる歌よむ。

(『伊勢物語』)

昔、左大臣がいらっしゃった。鴨川のほとり、六条のあたりに、邸宅をたいそう趣深く造築してお住まいなさっていた。旧暦一〇月の末頃、菊の花の色があせはじめる美しいさかりに、紅葉がさまざまな色合いに見える折、親王たちをお呼び集めなさって、夜一晩酒を飲んで楽しみ、音楽を奏《かな》でて過ごして、夜がだんだんと更《ふ》けていくほどに、このお屋敷の風情あふれる様子を賞《ほ》める和歌を詠《よ》んだ。

私は昔から源融という人物がすごく気になっていた。光源氏のモデルということは、源融も型破りな人物であったのではないかと思ったからだ。ご存じのように光源氏は破天荒な人物である。天皇の女に手を出したり、幼女を半《なか》ば強奪したり、さらった女（夕顔《ゆうがお》）を怨霊《おんりよう》に殺されてしまったり。

いさよふ月に、ゆくりなくあくがれむことを、女は思ひやすらひ、とかくのたまふほど、にはかに雲隠れて、明け行く空いとをかし。はしたなきほどにならぬ先にと、例の急ぎ出でたまひて、軽らかにうち乗せたまへれば、右近ぞ乗りぬる。そのわたり近きなにがしの院におはしまし着きて、預り召し出づるほど、荒れたる門の忍ぶ草茂りて見上げられたる、たとしへなく木暗し。霧も深く、露けきに、簾をさへ上げたまへれば、御袖もいたく濡れにけり。（『源氏物語』「夕顔」）

月夜に出れば月に誘惑されて行って帰らないことがあるということを思って出かけるのを躊躇《ちゅうちょ》する夕顔に、光源氏はいろいろに言って同行を勧《すす》めているうちに月もはいってしまって東の空の白む秋のしののめが始まってきた。人目を引かぬ間にと思って光源氏は出かけるのを急いだ。女のからだを光源氏が軽々と抱いて車に乗せ、右近が同乗したのであった。

五条《ごじょう》に近い帝室の後院である某院《なにがしのいん》へ着いた。呼び出した院の預かり役の出て来るまで留めてある車から、忍ぶ草の生《お》い茂った門の廂《ひさし》が見上げられた。たくさんにある大木が暗さを作っているのである。霧も深く降っていて空気の湿《しめ》っぽいのに車の簾《すだれ》を上げさせてあったから、光源氏の袖もそのうちべったりと濡れてしまった。

この「某院」のモデルになったのは河原院の源融の邸宅といわれている。

清水寺《きよみずでら》

【住所】京都市東山区清水一丁目二九四
【最寄り】京阪電鉄「清水五条」駅より徒歩二五分

開創は、宝亀《ほうき》九（七七八）年北法相宗の総本山。延暦《えんりやく》二四（八〇五）年に桓武《かんむ》天皇の御願寺《ごがんじ》となってから維新まで、朝廷や幕府の厚い保護が続いた。一三万平方メートルの広大な境内には、国宝と重要文化財を含む三〇以上の伽藍《がらん》や碑が建ち並んでいる。堂宇《どうう》は開創以来幾度か焼失と再建を繰り返した。現在の建物の大半は徳川家光《とくがわいえみつ》によって寛永《かんえい》一〇（一六三三）年に再建されたもの。寺名は音羽《おとわ》の滝の清らかさに由来する。

正月に寺に籠《こも》りたるは、いみじう寒く、雪がちにこほりたるこそ、をかしけれ。雨うち降《ふ》りぬる景色なるは、いとわろし。清水《きよみづ》などに詣でて、局《つぼね》するほど、呉《くれ》階《はし》のもとに車引き寄せて立てたるに、帯ばかりうちしたる若き法師ばらの、足駄《あしだ》といふ物をはきて、いささかつつみもなく降りのぼるとて、何ともなき経の端《はし》うちよみ、倶舎《くさ》の頌《ず》など誦《ず》じつつありくこそ、所につけてはをかしけれ。（『枕草子』）

正月に寺にお籠りしたのは、たいそう寒く雪もちらつくように冷え込んだのだが、趣がある。雨の降って来そうな空模様なのは、どうにも感心できない。清水などにお参りして、参籠の局の準備のできる間、お堂にのぼる呉階の所に車を引き寄せて立てていると、腰衣《こしごろも》に帯だけしめた若い坊さんたちが足駄という物をはいて、なんの恐れげもなくその呉橋を降りのぼりするとて、ちょっとしたお経の文句を口ずさんだり、倶舎《くしゃ》の頌《げ》など唱えながら行き来する一風変わった光景も、お寺らしいおもしろさである。

『枕草子』は平安時代中期に中宮定子に仕えた女房、清少納言《せいしょうなごん》により執筆されたと伝わる随筆である。その時代から清水寺周辺は活気があった。

京都に興味がない人でも、「清水の舞台から飛び降りる」という表現は知っているはずだ。以前、小池百合子《こいけゆりこ》が東京都知事選に出馬したとき、「崖から飛び降りる覚悟で挑戦したい」と発言し、「それを言うなら清水の舞台だろ」とツッこまれていたが、それくらい有名。清水の舞台は地上一二メートル。江戸時代の記録だけで飛び降りた人数は二〇〇人を超えるが、そのうち三四人しか死ななかったそうだ。

なお、最初に清水の舞台から飛び降りた人物は『今昔物語集』や『宇治拾遺物語《うじしゅういものがたり》』に登場する検非違使忠明《けびいしただあきら》である。

清水寺は『枕草子』に何回も登場する。

清水《きよみづ》などにまゐりて、坂本のぼるほどに、柴焚《しばた》く香《か》の、いみじうあはれなるこそ、をかしけれ。

清水などにおまいりして、坂本《さかもと》をのぼるあたりで、柴《しば》をたくかおりがとてもしみじみとひなびているのが、おもしろい。

清水に籠りたりしに、わざと御使《つかひ》して、賜はせたりし、唐《から》の紙の赤みたるに、草《さう》にて、「山近き入相《いりあひ》のかねの声ごとに恋ふる心の数は知るらむものを、こよなの長居や」とぞ書かせたまへる。紙などのなめげならぬもとり忘れたるたびにて、紫なる蓮《はちす》のはなびらにかきてまゐらす。

清水にお籠りしていた時、中宮からわざわざお使いを下されてお手紙を賜わった、唐の紙の赤ばんだのに、草《そう》で、「山近き入相の鐘の声ごとに恋ふる心の数は知るらむ（山近い入相の鐘の一つきごとにそなたをなつかしく思う私の心の数はわかるであろう）のに、ずいぶんの長逗留だこと」と、お書きになっていらっしゃる。紙などの失礼に当たらないようなのも、うっかり家に忘れて来ていた時なので、紫色の蓮の花びらに御返歌を書いてさし上げる。

二月つごもり、三月朔日《ついたち》ころ、花盛《ざか》りに籠りたるも、をかし。

二月の月末《つきずえ》、三月の月はじめのころ、桜の花盛りに参籠したのも、おもしろい。

門前から見えるのは、どちらも重要文化財に指定されている仁王門と西門。

三十三間堂《さんじゅうさんげんどう》

【住所】京都市東山区三十三間堂廻り町六五七
【最寄り】京阪電車「七条」駅より徒歩七分

天台宗《てんだいしゅう》の寺院で、本堂の正式名称は「蓮華王院《れんげおういん》」。三十三間堂は通称。南北に一二五メートルある御堂内の柱間が三三あることに由来する。なお、「三三」という数は、観音菩薩《かんのんぼさつ》の変化身三三身にもとづく。本尊は国宝に指定されている千手観音《せんじゅかんのん》で、一〇列の壇上に並ぶ等身大の一〇〇〇体の観音立像は圧巻。長寛《ちょうかん》二（一一六四）年、後白河院《ごしらかわいん》の勅願《ちょくがん》を受けて平清盛《たいらのきよもり》が建立したとされ、平家滅亡後も後白河院によって保護された。建長《けんちょう》元（一二四九）年には大火により堂宇《どうう》、仏像のほとんどを焼失した。しかし、千手観音像一〇〇〇体のうち一二四体と二八部衆立像が救出され、文永《ぶんえい》三（一二六六）年、後嵯峨上皇によって本堂が再建された。

祇園精舎の鐘《かね》の声《こえ》、
諸行無常《しよぎやうむじやう》の響《ひびき》あり。
娑羅双樹《しやらさうじゆ》の花の色、
盛者必衰《じやうしやひつすい》の理《ことわり》をあらはす。
おごれる人も久しからず、
唯《ただ》春の夜の夢のごとし。
たけき者も遂《つひ》にはほろびぬ、
偏《ひとへ》に風の前の塵《ちり》に同じ。(『平家物語』「祇園精舎」)

『平家物語』は鎌倉時代に成立したとされる軍記物語である。

「パワースポット」という言葉はあまりにも安っぽいが、最初に三十三間堂に行った大学生の頃、なにか言葉にできない力のようなものを感じた。千手観音を見に行ったのに、逆にこちらが見られている感じがする。それぞれ表情も微妙に違う。

千という数字は、無量、無数を表し、観音がさまざまな姿で衆生《しゆじよう》を救うという思想が込められている。中尊丈六坐像《ちゅうそんじょうろくざぞう》や風神《ふうじん》・雷神像《らいじんぞう》は、康助《こうじょ》、運慶《うんけい》、湛慶《たんけい》らが中心となって一〇〇年間にわたり制作されたもの。

本堂の廊下では矢の腕も競《きそ》われる。新春に開催される三十三間堂の通《とお》し矢《や》だ。全国から弓術に優れた新成人や有段者などが集まる。これは徳川幕府三代将軍の家光が始めたとされ、いまでもその名残《なごり》として本堂の廊下には、矢で本堂が損傷することを防ぐ鉄板がある。

夏目漱石《なつめそうせき》は本堂の長さに驚きこう言った。

日は永し三十三間堂長し

三十三間堂を参拝した後は、すぐ目の前にある京都国立博物館に行くのもいい。明治三〇（一八九七）年に「帝国京都博物館」として開館。平安時代から江戸時代にかけての京都を中心とした日本・東洋の文化財を収蔵・展示する。

小松谷正林寺《こまつだにしょうりんじ》

【住所】京都市東山区渋谷通東大路東入三丁目上馬町五五三
【最寄り】市バス「馬町」より徒歩一〇分

浄土宗の寺院で、平重盛《たいらのしげもり》（一一三八〜一一七九）の別邸があった場所にある。重盛が「小松殿《こまつどの》」と呼ばれていたのは、この小松谷に邸宅を構えていたことに由来する。仏教に深く帰依《きえ》した重盛は、この地に四八の灯籠《とうろう》を灯した灯籠堂を建立した。このことから、重盛は「灯籠大臣」ともいわれた。平家没落後は関白九条兼実《くじょうかねざね》の山荘となる。その後、兼実は法然上人《ほうねんしょうにん》のためにこの地にお堂を建て、建仁《けんにん》二（一二〇二）年に剃髪《ていはつ》出家した。応仁《おうにん》の乱によって廃《すた》れるも、江戸時代の正徳《しょうとく》年間（一七一一〜一七一五）に知恩院《ちおんいん》の義山《ぎざん》大和尚らによって再興された。

すべて此大臣《このおとど》は、滅罪生善《めつざいしやうぜん》の御心ざしふかうおはしければ、当来《たうらい》の浮沈《ふちん》をなげいて、東山《ひんがしやま》の麓《ふもと》に六八弘誓《ろくはつぐぜい》の願《ぐわん》になぞらへて、四十八間《けん》の精舎《しやうじや》をたて、一間《けん》に一つづつ、四十八間に四十八の燈籠《とうろ》をかけられたりければ、九品《ほん》の台《うてな》目の前にかかやき、光耀鸞鏡《くわうえうらんけい》をみがいて、浄土《じやうど》の砌《みぎり》にのぞめるがごとし。

（中略）

誠《まこと》に来迎引摂《らいかういんぜふ》の悲願《ひぐわん》も、この所に影向《やうがう》をたれ、摂取不捨《せつしゆふしや》の光も、此大臣を照《てら》し給ふらんとぞみえし。十五日の日中《につちゆう》を結願《けつぐわん》として、大念仏《だいねんぶつ》ありしに、大臣みづから彼行道《かのぎやうどう》の中にまじは（ッ）て、西方《さいはう》にむかひ、「南無安養教主弥陀善逝《なむあんやうけうしゆみだぜんぜい》、三界六道《さんがいろくだう》の衆生《しゆじやう》を、普《あまね》く済度《さいど》し給へ」と、廻向発願《ゑかうほつぐわん》せられければ、みる人慈《じ》悲《ひ》をおこし、きく者感涙《かんるい》をもよほしけり。かかりしかば、此《この》大臣をば燈籠大臣《とうろのだいじん》とぞ人申《まう》しける。（『平家物語』「燈籠之沙汰」）

いったいこの大臣（重盛）は、罪を滅して善を生ずる御心ざしが深くていらっしゃったので、来世《らいせ》の浮き沈みをなげいて、東山の麓に阿弥陀仏の四十八の願になぞらえて、四十八間の寺をたて、一間に一つずつ、四十八間に四十八の灯籠をおかけになったので、九品の台（極楽浄土にあるという、往生した者がすわる台）が目の前に輝き、その光輝くさまは鸞鏡《らんけい》（鳳凰に似た空想上の鳥を裏に描いた鏡）をみがいて、浄土の地にのぞんでいるようである。

（中略）

まことに来迎引摂《らいごういんじょう》の悲願（阿弥陀仏が人の臨終の際に浄土に引き迎えようという悲願）も、このところにあらわれ、摂取不捨《しょうしゅふしゃ》（阿弥陀仏が衆生を救い誰も捨てない）その光も、この大臣をお照らしになるだろうと見られた。十五日の日中を最後として、大念仏を行ったところ、大臣みずからその行列の中にまじわって、西方に向かい、「南無安養教主弥陀善逝、三界六道の衆生を、あまねくお救いください」と、善根を注ぎ往生の願を立てられたので、見る人は慈悲をおこし、聞く者は感激の涙をもよおした。このようであったので、この大臣を灯籠の大臣と人は申した。

小松谷正林寺《しょうりんじ》はあまり有名ではないようだ。泉涌寺《せんにゅうじ》に行った後に近くの交番で小松谷正林寺への行き方を尋ねたが、うまく説明できない場所にあるという。それほど遠くはないと言われたので、タクシーを拾った。運転手は地元に詳しそうだったが、「聞いたことがない」と言う。それでも住所を見せて、そこに行ってもらった。併設されている小松谷保育園の奥にあって、たしかにわかりづらい。参拝している人もいなかった。

参拝した後、歩いていると「馬町《うままち》」のバス停があった。そこから京都駅方面にも阪急河原町方面にも行くことができる。京都はバスの路線が張り巡らされているので、道に迷ったとしてもそれほど困ることはない。適当にバスに乗り込んでみるのも楽しい。

東山区の閑静な場所にそびえる正林寺の山門。付近には京都国立博物館などがある。

元慶寺《がんけいじ》（花山寺《かざんじ》）

【住所】京都市山科区北花山河原町一三
【最寄り】市営地下鉄「御陵」駅より徒歩二〇分

元慶寺《がんけいじ》は天台宗の寺。華頂山《かちょうざん》と号し、花山寺《かざんじ》ともいう。寛和《かんな》二（九八六）年、花山天皇は藤原兼家《かねいえ》の計略で当寺に入り落飾《らくしょく》、法名を入覚《にゅうがく》と号した。その経緯は、『大鏡』に記録されている。貞観一〇（八六八）年、遍昭《へんじょう》僧正の開創以来、公家恒例読経《どきょう》の二一寺に数えられて寺門繁栄したが、たびたびの火災でしだいに衰微した。現存の建物は安永《あんえい》年間（一七七二〜一七八一）の再建といわれている。

花山寺におはしまし着きて、御髪《みぐし》おろさせたまひて後《のち》にぞ、粟田殿は、「まかり出でて、おとどにも、かはらぬ姿、いま一度見え、かくと案内《あない》申して、かなら

ずまゐりはべらむ」と申したまひければ、「朕《われ》をば謀《はか》るなりけり」とてこそ泣かせたまひけれ。（『大鏡』六十五代　花山院）

花山寺にご到着あそばされ、帝がご剃髪《ていはつ》なされてその後に、粟田殿は、「ちょっと退出いたしまして、父のおとど（兼家）にも、出家前のこの姿をもう一度見せ、これこれと出家する事情をもお話しした上で、必ずここに参上いたしましょう」と申し上げられましたので、帝は「さては、私をだましたのであったな」とおっしゃって、お泣きあそばされました。

「鏡物」は、歴史物語の『大鏡』『今鏡《いまかがみ》』『水鏡《みずかがみ》』『増鏡《ますかがみ》』の総称である。批評家の小林秀雄《こばやしひでお》は客観的に歴史を見ることなどできない。歴史という鏡の中に自分を見ることが、歴史を学ぶことだと言う。

歴史を鏡という発想は、鏡の発明と共に古いでしょう。歴史を読むとは、鏡を

見る事だ。鏡に映る自分自身の顔を見る事だ。勿論《もちろん》、自分の顔が映るとは誰もはっきり意識してはいない。だが、誰もそれを感じているのだ。感じていないで、どうして歴史に現れた他人事に、他人事とは思えぬ親しみを、面白さを感ずることが出来るのだ。歴史の語る他人事を吾が身の事と思う事が、即《すなわ》ち歴史を読むという事でしょう。本物の歴史家が、それを知らなかったという事はない。（「交友対談」）

「古典は日々新ただからこそ、古典といえる」と小林は言う。

古典にならないようなくだらない作品は消えていく。

古典は汲《く》みつくすことのできない泉のように、「現代の要求に従って」新しい姿を見せる。それが「古典を古典たらしめる絶対的な性質」であると小林は言う。

一〇年前の最先端の思想はすぐに古くなるが、一〇〇〇年前の思想が古くなることはない。古典のみが常に最先端を走っているのである。

三島由紀夫《みしまゆきお》も『大鏡』を耽読した。三島は言う。

文化とは、文化内成員の、ものの考え方、感じ方、生き方、審美観のすべてを、無意識裡《り》にすら支配し、しかも空気や水のようにその文化共同体の必需品になり、ふだんは空気や水の有難味を意識せずにぞんざいに用いているものが、それなしには死なねばならぬという危機の発見に及んで、強く成員の行動を規制し、その行動を様式化するところのものである。（「日本文学小史」）

三島はこれを「文化意志」と名付けた。以下、三島による古典のリストを挙げておく。

（一）神人分離の文化意志としての「古事記《こじき》」
（二）国民的民族誌の文化意志としての「万葉集《まんようしゅう》」
（三）舶来の教養形成の文化意志をあらはす「和漢朗詠集《わかんろうえいしゅう》」

（四）文化意志そのものの最高度の純粋形態たる「源氏物語」
（五）古典主義原理形成の文化意志としての「古今和歌集」
（六）文化意志そのもののもっとも爛熟した病める表現「新古今和歌集」
（七）歴史創造の文化意志としての「神皇正統《じんのうしょうとう》記《き》」
（八）死と追憶による優雅の文化意志「謡曲《ようきょく》」
（九）禅宗の文化意志の代表としての「五山文学」
（十）近世民衆文学の文化意志である元禄《げんろく》文学（近松《ちかまつ》・西鶴《さいかく》・芭蕉《ばしょう》）
（十一）失はれた行動原理の復活の文化意志としての「葉隠《はがくれ》」
（十二）集大成と観念的体系のマニヤックな文化意志としての曲亭《きょくてい》馬琴《ばきん》

泉涌寺《せんにゅうじ》

【住所】京都市東山区泉涌寺山内町二七
【最寄り】市バス「泉涌寺道」より徒歩一五分

真言宗泉涌寺派の本山で、本尊は釈迦如来《しやかによらい》、弥勒菩薩《みろくぼさつ》、阿弥陀如来《あみだによらい》。斉衡《さいこう》二（八五五）年、左大臣藤原緒嗣《おつぐ》が僧たちに山荘を与えて寺となし、仙遊寺と称されるようになった。その後、建保《けんぽう》六（一二一八）年に月輪大師《がちりんだいし》俊芿《しゆんじよう》が主要な伽藍を完成させ、そのとき境内から清泉が湧き出したのに由来して現寺号に改称された。寺領内には四条《しじよう》天皇以後の歴代天皇の陵があり、皇室との縁の深さから「御寺《みてら》」と呼ばれる。

夜をこめて鳥の空音は謀るとも
よに逢坂の関は許さじ――清少納言

鶏の鳴き真似をして夜明けが来たといつわろうと、逢坂の関は決して開けません。

中国の函谷関《かんこくかん》の故事をふまえたこの歌は、藤原行成《ゆきなり》とのやりとりにより生まれ、百人一首にも収められた。鳥の鳴き真似でひらいた函谷関のようには、男女の逢瀬《おうせ》の逢《おう》坂《さか》の関《せき》は開くことはできないと、清少納言は突っぱねたわけだ。

泉涌寺は清少納言ゆかりの寺で、この歌は境内の碑にも刻まれている。清少納言は一条《いちじょう》天皇の中宮であった定子に仕えた歌人。定子がわずか二五歳で亡くなり、泉涌寺北の鳥戸野《とりべの》陵《みささぎ》に葬《ほうむ》られると、清少納言は陵近くに隠栖《いんせい》したと伝えられることから、この碑は建てられた。

余談だが、大人になると頭がかたくなるのでなかなか暗記は難しいが、百人一首くらいは覚えておきたいものだ。

私は古文の勉強で一番いいのは、文章の丸暗記だと思っている。

だから、子供に百人一首のかるたで遊ばせるのはいいことだと思う。私の知人の娘二人は小学生だが、百人一首で歌をたくさん覚えている。将来どこかでそれが支えになることもあると思う。

内容を理解するより先に、音とリズムで言葉の形を身体に染み込ませる。それにより、後から気づくことも多い。

小林秀雄は言う。

素読教育を復活させることは出来ない。そんなことはわかりきったことだが、それが実際、どのような意味と実効とを持っていたかを考えてみるべきだと思うのです。それを昔は、暗記強制教育だったと、簡単に考えるのは、悪い合理主義ですね。「論語《ろんご》」を簡単に暗記してしまう。暗記するだけで意味がわからなければ、無意味なことだと言うが、それでは「論語」の意味とはなんでしょう。それは人により年齢により、さまざまな意味にとれるものでしょう。一生かかってわからない意味さえ含んでいるかも知れない。それなら意味を教えることは、

実に曖昧《あいまい》な教育だとわかるでしょう。丸暗記させる教育だけが、はっきりした教育です。そんなことを言うと、逆説を弄《ろう》すると取るかも知れないが、私はここに今の教育法が一番忘れている真実があると思っているのです。

「論語」はまずなにを措《お》いても、「万葉」の歌と同じように意味を孕《はら》んだ「すがた」なのです。古典はみんな動かせない「すがた」です。その「すがた」に親しませるという大事なことを素読教育が果たしたと考えればよい。「すがた」には親しませるということが出来るだけで、「すがた」を理解させることは出来ない。とすれば、「すがた」教育の方法は、素読的方法以外には理論上ないはずなのです。実際問題としてこの方法が困難となったとしても、原理的にはこの方法の線からはずれることは出来ないはずなんです。私が考えてほしいと思うのはその点なんです。(『人間の建設』)

六波羅蜜寺《ろくはらみつじ》

【住所】京都市東山区ロクロ町八一―一
【最寄り】京阪電車「清水五条」駅より徒歩七分

真言宗智山《ちさん》派に属する寺。本尊は十一面観音。天暦《てんりやく》五（九五一）年、当時流行していた疫病退散のため、空也《くうや》上人が十一面観音像を刻み、洛中を引き巡って病気を鎮めたという。現存する空也上人の祈願文によると、応和《おうわ》三（九六三）年八月、諸方の名僧六〇〇名を請《しよう》じ、諸堂の落慶供養を盛大に営んで開創した。平家が栄えた頃には、平家一族の邸宅が建ち並び、その数は五二〇〇におよんだという。鎌倉時代には六波羅探題《ろくはらたんだい》が置かれていた。いくたびの火災に遭うも、豊臣《とよとみ》氏、徳川氏の帰依により修復された。明治以降荒廃していたが、昭和四四（一九六九）年、開創千年を記念して解体修理が行なわれた。

又いかなる賢王賢主《けんわうけんじゆ》の御政《おんまつりごと》も、摂政関白《せつしようくわんぱく》の御成敗《ごせいばい》も、世にあまされたるいたづら者な（ン）どの、人の聞かぬ所にて、なにとなうそしり傾《かたむ》け申す事は常の習《ならひ》なれども、此禅門《このぜんもん》世ざかりのほどは、聊《いささ》かいるかせにも申す者なし。其《その》故《ゆゑ》は、入道相国《しやうこく》のはかりことに、十四五六の童部《わらんべ》を、三百人そろへて、髪をかぶろにきりまはし、赤き直垂《ひたたれ》を着せて、召しつかはれけるが、京中にみち〳〵て、往反《わうへん》しけり。おのづから平家の事あしざまに申す者あれば、一人聞き出《いだ》さぬほどこそありけれ、余党《よたう》に触《ふ》れ廻《めぐら》して、其家に乱入し、資財雑具《しざいざふぐ》を追捕《ついふく》し、其奴《そのやつ》を搦《から》めと（ッ）て、六波羅へゐて参る。されは目に見、心に知るといへど、詞《ことば》にあらはれて申す者なし。六波羅殿の禿《かぶろ》といひて（ン）しかば、道を過ぐる馬車《むまくるま》もよぎてぞとほりける。禁門を出入すといへども、姓名《しやうみやう》を尋ねらるるに及ばず、京師《けいし》の長吏《ちやうり》、これが為《ため》に目を側《そば》むとみえたり。（『平家物語』「禿髪」）

また、どんなに賢王と讃《たた》えられる帝王の政治や、摂政関白の政務の処理であっても、世間の秩序からはみでた無頼者などが、人の聞いていないところでなんということもなく悪口を言い批判するのはよくあることであるが、この清盛の全盛時代には、平家に対して少しでも悪しざまに言う者はいなかった。

そのわけは、入道相国の策略として、十四から十五、六歳の子供を三百人集めて、髪を短く切りそろえ、赤い直垂を着せて、召し使われていたが、それが京のなかに満ちあふれるように行き来していた。そして、たまたま平家の事を批判する者でもいて、一人でも聞きつけると、仲間の者に告げ知らせて、その家におしかけ、乱入して、家財道具を没収し、その人物を捕えて、六波羅へ引っ立てていった。こういうことになるので、平家一門の専横ぶりを目で見、心にいきどおることがあっても、口に出して言うものはなかったのである。六波羅殿の禿とさえいえば、道を行く馬や車もよけて通る有り様であった。皇居の門を出入りするときも姓名を尋ねられることもなく、都の役人たちは、この禿の行動を見て見ぬふりをしたのであった。

ここでは清盛の横暴ぶりが記されている。禿とは平安京に放たれた平家の密偵。いつの時代でも悪党は子供を利用する。毛沢東《もうたくとう》の紅衛兵《こうえいへい》、ポル・ポトの少年兵しかり。

六波羅蜜寺には大学生の頃、何回か行ったことがある。

つい先日、京都市営地下鉄の五条《ごじょう》と四条《しじょう》の間にある「京王プレリアホテル京都烏丸五条」に連泊した。祇園《ぎおん》で酒を飲むのには少し不便な場所だが、他のホテルが混んでいたのと、大浴場がついているのでここにした。

目の前の小路の松原《まつばら》通をまっすぐ進み、鴨川を渡ると祇園の南のあたりに出るが、そこに六波羅蜜寺があった。過去の記憶が蘇《よみが》り、脳内の地図がつながった。こういう経験は楽しい。

なお、六波羅探題とは、鎌倉幕府が六波羅に設置した機関。文治《ぶんじ》元（一一八五）年以来、幕府は京都守護を置いたが、承久《じょうきゅう》三（一二二一）年の承久《じょうきゅう》の乱《らん》の際、後鳥《ごと》羽《ば》上皇に滅ぼされた。この乱にあたり、幕府軍を率いて上洛《じょうらく》した北条泰時《ほうじょうやすとき》・時房《ときふさ》は、そのまま六波羅の北・南の居館に駐留し、乱後の処理にあたった。これが六波羅探題となる。
六波羅探題は、兼好法師が書いたとされる『徒然草』にも登場する。

為兼《ためかね》大納言入道、召し捕られて、武士どもうち囲みて、六波羅へ率《ゐ》て行きければ、資朝卿《すけともきやう》、一条《いちじよう》わたりにてこれを見て、『あな羨まし。世にあらん思ひ出、かくこそあらまほしけれ』とぞ言はれける。

為兼大納言入道（京極為兼《きようごくためかね》）が、鎌倉幕府への謀略の疑いで捕らえられた。武士どもが取り囲んで六波羅探題に連行する様子を、資朝卿（日野資朝《ひのすけとも》）は一条のあたりで見ていて、「あぁ、羨ましい。この世に生きたという思い出。為兼大納言入道のような生き方こそ望ましい」と言っていた。
資朝もまた六波羅探題に捕らえられ、佐渡島《さどがしま》へ流罪となった。

西行庵《さいぎょうあん》

【住所】京都市東山区鷲尾町五二四
【最寄り】京阪電車「祇園四条」駅より徒歩一五分

　西行《さいぎょう》（一一一八～一一九〇）は、平安時代末期から鎌倉時代の僧侶であり、『新古今和歌集』の代表的歌人の一人。出家前の俗名は佐藤義清《さとうのりきよ》。もともとは武士であったが、保延《ほうえん》六（一一四〇）年に出家。諸国を行脚しながら和歌を詠んだ。この地には、五〇畳弱の本堂と居住空間が一体となった「蔡華園《さいけおん》院《いん》」があり、西行終焉《しゅうえん》の地であったと伝わる。茅葺《かやぶ》きの母屋は大徳寺塔頭《だいとくじたっちゅう》真珠庵《しんじゅあん》の別院を移したもの。

願はくは花のしたにて春死なん
そのきさらぎの望月《もちづき》の頃　――西行

願わくは、桜の花が咲く下で春に死にたいものだ。
それも、（釈迦が入滅したとされている）陰暦の二月一五日の満月の頃に。

西行は生涯で作った二〇九〇の和歌のうち、二三〇首で桜を詠んだ。西行の時代だから当然、山桜である。現在、全国に植えられているソメイヨシノは、日本原産種のエドヒガン系の桜とオオシマザクラの交配で生まれた園芸品種であり、明治になってから広まったもの。ほぼすべてがクローンなので、山桜に比べて寿命は短い。

私は昔、吉野《よしの》の西行庵にも行った。吉野山には平安時代から桜が植え続けられてきた。とくに桜があるところは「一目千本」と呼ばれ、山下の北から山上の南へと順に下千本・中千本・上千本・奥千本と呼ぶ。

桜はほとんどがシロヤマザクラで、その数は約三万本にも及ぶ。これらの桜が四月初旬から末にかけて、下から上へと開花していく。

近鉄吉野駅から中千本へバスで向かい、さらに小型のバスに乗り換えて、奥千本へ向かった。バスの停留所から奥千本までは細くて急な坂道もあり、少し危《あぶ》ない。急に強い雨が降って来たので近くにあった東屋《あずまや》に避難した。そこから小さな庵《いおり》が見えた。吉野の西行庵である。

粗末で小さな庵だが西行が三年間そこに住んでいたという。当時は今のような交通手段もない。相当な覚悟がないと、生活できるような場所ではない。武士の佐藤義清は二三歳のときに出家し、西行になるときにこんな歌を詠んだ。

世をすつる人はまことにすつるかは
すてぬ人こそすつるなりけれ

世の中を捨てたという人は、本当に身を捨てたのか。そうではない。世の中を捨てない人、俗世のしがらみにとらわれた人こそが本当に身を捨てているのである。

鹿《しし》ケ谷《たに》

【住所】京都市左京区鹿ヶ谷御所ノ段町
【最寄り】市バス「錦林車庫前」より徒歩一〇分

鹿《しし》ヶ《が》谷《たに》事件とは、平清盛を中心とする平氏政権の強勢に対して、これを倒そうとする後白河院の意を受け、安元《あんげん》三（一一七七）年五月、藤原成親《なりちか》・成経《なりつね》父子、藤原師光《もろみつ》（西光《さいこう》）、法勝寺《ほっしょうじ》執行の俊寛《しゅんかん》、摂津《せっつ》源氏多田行綱《ただゆきつな》らが、俊寛の鹿ヶ谷山荘において謀議した事件。六波羅屋敷を攻撃し、一挙に平氏滅亡を図ったものであったが、多田の密告により清盛に発覚。西光が自白して関係者は処罰された。

東山《ひがしやま》の麓《ふもと》、鹿《しし》の谷《たに》と云ふ所は、うしろは三井寺《みゐでら》につづいて、ゆゆしき城郭《じょうくわく》にてぞありける。俊寛僧都《しゅんくわんそうづ》の山庄《さんざう》あり。かれに常は寄りあひ寄りあひ、平家ほ

ろぼさむずるはかりことをぞ廻《めぐら》しける。或時法皇も御幸《ごかう》なる。故少納言入道信西《せうなごんにふだうしんせい》が子息、静憲法印御供仕《じやうけんほふいんおんともつかまつ》る。（『平家物語』「鹿谷」）

東山の麓の鹿の谷は、背後は三井寺に続いていて、非常に堅固な要塞になっていた。そこに俊寛僧都の山荘があった。山荘にいつも一味が寄り集まっては、平家を亡ぼす密議を凝らしていた。ある日の夜に、法皇も行幸された。故少納言入道の信西の子息である静憲法印《じようけんほういん》がお供に従っていた。

私はテレビを観る習慣がない。そもそもテレビを持っていないので、観ることができない。しかし、たまに友人の家でテレビを観ることはある。それで以前、NHK大河ドラマ『平清盛』を観た。主演は松山《まつやま》ケンイチ。俊寛の山荘における「鹿の谷」会議のシーンはとくに印象的だった。

酒宴の席で静憲法印が言った。

「いやはや、あきれたもんですなあ。こんなたくさんの人間の耳に入ってしまいました。たちまち平家方に情報が漏れて、天下の一大事となることまちがいなしですぞ」

この忠告に対し、首謀者の一人である藤原成親が、顔色を変えていきなり立ち上がった。そのとき、後白河院の前にあった瓶子《へいし》（とっくり）が服の袖に引っかけて倒れてしまった。

「どうした」と尋ねると、すかさず「瓶子（＝平氏）が倒れました」と返答した。後白河院は満面の笑顔で「みんなこっちへ来て洒落を聞かせてくれ」と調子に乗り始めた。

この後繰り広げられた駄洒落合戦を見て、静憲法印はその愚劣な振る舞いに言葉を失った。

ちなみに、この大河ドラマで後白河院を演じたのは松田《まつだ》翔太《しょうた》。この俳優の演技もすごかった。

東山慈照寺《とうざんじしょうじ》(銀閣寺《ぎんかくじ》)

【住所】京都市左京区銀閣寺町二
【最寄り】市バス「銀閣寺道」より徒歩一〇分

臨済《りんざい》宗相国寺《しょうこくじ》派の寺院。銀閣寺は通称である。一五世紀末、足利義政《あしかがよしまさ》(一四三六〜一四九〇)の山荘東山殿を、遺言により禅寺としたもの。寺の名は義政の法号・慈照院《じしょういん》に由来する。銀閣は鹿苑寺《ろくおんじ》の金閣に倣《なら》い、銀箔を押す計画があったが実現しなかった。東求堂《とうぐどう》は義政の持仏堂《じぶつどう》で、四室からなり、その中の四畳半の部屋同仁斎《どうじんさい》は書院造の最古の遺構であり、茶室の始まりといわれる。

何事も夢まぼろしと思い知る
身には憂いも喜びもなし

義政、辞世の句である。享年五五。後継者問題から約一〇年にわたった応仁の乱を引き起こした義政には、振り返ればすべては夢まぼろしのように見えたのだろう。慈照寺は義政の祖父義満《よしみつ》が建てた金閣を倣ったもので、苔寺《こけでら》として有名な西京区《にしきょう》の西芳寺《さいほうじ》を参考にしながら苔を植えた。

私も銀閣寺には何度も行った。私は苔が好きである。疲れて追い詰められたときは、苔と触れ合いに行く。苔がある庭だけが魂を救ってくれる。

紅葉の時期にも銀閣寺に行ったが、誰もが上を見ながら庭を歩く中、私だけ下を見て歩いていた。どうしても苔が気になる。寒くなってくると苔はあまり元気がない。昔はそれを見て寂しい気持ちになったものだが、最近は色の褪《あ》せた苔もいいと思うようになってきた。

兼好法師は言う。

花は盛りに、月は隈なきをのみ、見るものかは。雨にむかひて月を恋ひ、垂れこめて春の行方知らぬも、なほあはれに情け深し。咲きぬべきほどの梢《こずゑ》、散り

しをれたる庭などこそ見どころ多けれ。（『徒然草』）

桜は満開のときだけを、月は一点の曇りもないときだけを見ればいいのか。いや、違う。雨に向かって月を恋しく思い、病により部屋に引きこもり春の行方を知らないのも、しみじみしていて趣が深い。今にも咲きそうな桜の梢、逆に花びらの散り敷いた庭など見る価値がある。

兼好の言葉に倣《なら》えば「苔は盛りに庭は隈なきをのみ見るものかは」。

なお、西芳寺の庭は立派だが、簡単に見ることができない。昭和三（一九二八）年から一般公開されているが、昭和五二（一九七七）年より少数参拝制になっている。往復はがきで予約して、決まった日に三〇〇〇円ほどの参拝料を払い、しかも写経した後でないと庭を見せてもらえない。面倒くさいから私は一回しか行っていない。アップル創設者のスティーブ・ジョブズは、禅に惹かれ、西芳寺に通ったそうだが、彼も往復はがきで申し込んだのだろうか？　※令和3年よりオンライン申し込み可。

大文字山《だいもんじやま》

【住所】京都市左京区鹿ケ谷菖蒲谷町
【最寄り】市バス「銀閣寺道」より徒歩四〇分

市街地北東部、東山連峰の主峰如意《にょい》ヶ岳《だけ》の西峰。標高四六六メートル。八月一六日の夜、山腹に精霊《しょうりょう》の送り火の「大」の文字が点火されるので、大文字山と呼ばれる。東山三六峰の一つ。山麓には慈照寺、南禅寺《なんぜんじ》、法然院《ほうねんいん》、禅林寺《ぜんりんじ》などがある。送り火は、七五の火床を設け、松割り木を積み上げて点火する。字は第一画八〇メートル、第二画一六〇メートル、第三画一二〇メートルの大きさである。

自古志士憤権姦暴虐劫上残下図除之以安天下事成則為義挙不成則乱賊豈可徒執成敗之迹以

推断情偽況史書所伝往々為権家曲筆千載之下何以取信乎
（「俊寛僧都鹿谷山荘跡碑」）

昔から心ある人は権力者が暴虐のかぎりを尽くすことに憤《いきどお》り、こいつらを一掃して人民を安心させようと計画したものであった。その事が成功すれば「義挙」と讃えられた。しかし失敗すれば「乱賊」とののしられたのである。だから世に伝える歴史というものはあてにならない。

この石碑は大文字山にある。詳細は「鹿ヶ谷」の項で述べたが、俊寛は自らの山荘で平氏打倒の密議を行ない、その首謀者として薩摩《さつま》国鬼界《きかい》ヶ島《しま》（現・鹿児島県硫黄島《いおうじま》）に流された。なお、石碑は昭和一〇（一九三五）年に祇園十二段家（和食）の西垣精之《にしがきせいの》助《すけ》が建てたもの。

京都に行くときは、必ず立ち寄る料理屋がある。

ある時、そこの主人に「明日は時間があるのだけど、どこか面白いところはないか?」と訊いた。

「伏見稲荷《ふしみいなり》は?」と言うので、「昔、行ったことがある」と答えた。

「では大文字山は? 気軽に登れるし、景色もいいですよ」

その話を真《ま》に受けて、翌日、旅行バッグを持ったまま大文字山に向かった。荷物はホテルに預けておこうと思ったが、そのあと移動する可能性もあったので、持って行った。

銀閣寺道までバスで行き、銀閣寺の裏にまわって、山を登り始めた。そしてすぐにかなりキツイことがわかった。

男性とすれちがったので「頂上までまだ距離がありますか?」と聞いた。その人も登っている途中で、よくわからないという。あとから思えば、そこはほとんどスタート地点のようなものだった。

急な斜面を登っても登っても頂上に着かない。途中で三回ほどあきらめて戻ろうかと思った。

「名誉ある下山」である。

しかし、お年寄りも登っているし、ここで下山したらむしろ不名誉になると思い直した。地蔵が立っている少しひらけた場所に出たので、転がっていた丸太に座り込んでしまった。汗が噴き出し、心臓がバクバクしている。坂から降りてきた女性に話しかけると、頂上まではもう少しだという。

しかし、そこからかなり登った。

山頂は雲の上だった。京都の町が霞《かす》んで見えた。

雲海である。

すばらしい景色だったが、山頂についた瞬間に思ったことは、「しんどいからこれから下山したくない」だった。

なお、八月一六日に、京都盆地周囲の山々に、炎で描かれた「大」「妙法」の文字や鳥居形、船形が次々に浮かび上がる五山の送り火は、精霊送りの行事である。

大文字山には「大」の字が浮かび上がる。由来ははっきりしないが、京都新聞の記事（「五山送り火　送り火とは」）によると、三つの説があるとのこと。

①平安時代初期に、弘法大師《こうぼう》（空海《くうかい》）が始めたとする説。かつて大文字山麓にあった浄土寺《じょうどじ》が大火に見舞われた際に、本尊・阿弥陀仏が山上に飛翔して光明《こうみょう》を放った。この光明を真似て実施した火を用いる儀式を、弘法大師が大の字形に改めた。

②室町時代中期、足利義政が始めたとする説。延徳元《えんとく》（一四八九）年、義政が近江《おうみ》の合戦で死亡した実子・義尚《よしひさ》の冥福《めいふく》を祈るために、家臣に命じて始めた。大の字形は山の斜面に白布を添え付け、その様子を銀閣寺から相国寺の僧侶・横川景三《おうせんけいさん》が眺め定めた。

③江戸時代初期に、近衛信尹《このえのぶただ》により始まったとする説。寛文《かんぶん》二（一六六二）年に刊行された『案内者』には、「大文字は三藐院信尹《さんみゃくいんのぶただ》殿の筆画にて」との記述がある。信尹は本阿弥光悦《ほんあみこうえつ》、松花堂昭乗《しょうかどうしょうじょう》とともに当代の三筆といわれた能書家だった。

第二章

洛北への旅

鹿苑寺《ろくおんじ》（金閣寺《きんかくじ》）

【住所】京都市北区金閣寺町一
【最寄り】市バス「金閣寺道」より徒歩五分

北山《きたやま》は京都の北方にある山の総称。室町時代に三代将軍足利義満が北山南東端（鷹峯《たかがみね》台地）の山裾に北山山荘（北山第《きたやまてい》・鹿苑寺《ろくおんじ》金閣《きんかく》）を造営し、北山文化の中心地となった。これは、八代将軍足利義政の東山文化に対していう。北山文化は、従来の公家的なものと武家的なものとを融合した。その代表的なものが金閣寺である。

金閣寺北山殿の林泉に
いつ忍び入り咲ける野薔薇ぞ
——与謝野晶子《よさのあきこ》

金閣寺北山殿の庭園に、いつの間に忍び入って根を張り、花を咲かせたのか、野バラよ。

北山殿《きたやまどの》は、足利義満の別荘。鎌倉時代に西園寺公経《さいおんじきんつね》が営んだ山荘を応永《おうえい》元（一三九四）年に譲り受けて造営。義満の死後、鹿苑寺（金閣寺）となった。なお、林泉とは林の中の泉、またそれのある庭園のことである。

夏目漱石が京都を旅行していたときに、高浜虚子《たかはまきよし》が訪ねてきた。二人は料理屋の「平八茶屋《へいはちぢやや》」に行き、北山を眺め高野川《たかのがわ》の渓流を見下ろす座敷で、鮒《ふな》の刺身や諸子《もろこ》などを食べた。『漱石の京都』（水川隆夫）という本で、このエピソードを読んだとき、私も祇園にある料理屋で初めて鮒の刺身を食べて感動したのを思い出した。

鮒には生臭い川魚というイメージがあったが、その刺身と鮒の卵を和《あ》えたものは、高貴としか表現できない味だった。聞いた話によると、冬の一番寒いとき、鮒は琵琶湖の底でじっとしていてエサを食べないので香りもよくなるとのこと。

ちなみに平八茶屋のサイトによると、明治二五（一八九二）年七月には漱石は正岡《まさおか》子規《しき》と一緒に食事にやってきている。虚子と平八茶屋を訪れたのは、だいぶ後の明治四〇年四月のことである。

虚子は句にも詠んでいる。

平八と春水隔て隣りけり

九〇年代の後半くらいから私は出版関係の仕事にかかわるようになった。あるとき「一個人」という雑誌の記事を書くため、京都に取材に行った。大学生の頃は日本中あちこちを旅していたし、京都にも何回も行ったが、取材で行くと交通費と宿代が出るので、その分、料理屋や居酒屋でカネを使うことができた。

川端《かわばた》二条《にじよう》にある「赤垣屋《あかがきや》」に行くようになったのもその頃である。料理の値段は表示されてないが、安くておいしい。あるとき、東京でよく行く居酒屋の常連客と赤垣屋でばったり会った。酔っ払いの行動パターンは似てくるものだと感じたが、女性と一緒だったので声はかけなかった。

大徳寺《だいとくじ》

【住所】京都市北区紫野大徳寺町五三
【最寄り】市バス「大徳寺前」すぐ

臨済宗大徳寺《だいとくじ》派の大本山。山号は龍宝山《りゅうほうざん》。本尊は釈迦如来。正和《しょうわ》四（一三一五）年、大灯国師《だいとうこくし》宗峰妙超《しゅうほうみょうちょう》の創建。花園《はなぞの》天皇・後醍醐《ごだいご》天皇の帰依が厚く勅願所《ちょくがんじょ》とされ、また他門の僧の入寺を許さない禅道場として、鎌倉幕府を背景とする五山《ござん》派に対し、在野的立場をとった。享徳《きょうとく》二（一四五三）年、火災により堂宇の大半を焼失、再建後も応仁の乱により諸堂を失う。文明《ぶんめい》六（一四七四）年、一休宗純《いっきゅうそうじゅん》（一三九四〜一四八一）が入住し、堺《さかい》の豪商の援助を得て再興。千利休《せんのりきゅう》、小堀遠州《こぼりえんしゅう》といった茶人も山内に庵を結んだ。

門松は 冥土の旅の一里塚

めでたくもあり めでたくもなし　（『狂雲集《きょううんしゅう》』）

『狂雲集』は、一休宗純による風狂破格の世界を呈する漢詩集。ほとんどが七言絶句（一句七言で四句からなる近体詩）である。応永二二（一四一五）年、一休は大徳寺の高僧、華叟宗曇《かそうそうどん》の弟子となる。

一休は華叟に「洞山三頓《とうざんさんとん》の棒」の公案《こうあん》を課せられていた。公案とは禅宗で、優れた禅者の言行を記して参禅学道の課題としたもの。臨済宗では一七〇〇則ともいわれる。禅問答なので、公案の内容は複雑なので省略するが、一休は次のように答えた。

有漏地《うろぢ》より無漏地《むろぢ》へ帰る一休み
雨ふらば降れ風ふかば吹け

有漏路とは煩悩《ぼんのう》の世界のこと、無漏路とは悟りの世界のこと。人生はその途中で一休みしているようなものであると。これにより、一休の道号が与えられる。

なお、有名な「この橋わたるべからず」のエピソードは後世の創作である。江戸時代には『一休咄《いっきゅうばなし》』に代表される頓知咄《とんち》が生まれ、昭和にはアニメの題材にもなっている。

一休は腐った政治を批判した。

選挙後に日本維新の会の関係者が逮捕されたり、事務所に警察が踏み込むのは風物詩となっているが、衆院議員岬麻紀《みさきまき》の経歴詐称《さしょう》が発覚したことがある。岬は亜細亜大学と杏林大学の「非常勤講師」との経歴を選挙公報に記載していたが、両大学はこれを否定。岬は会見で「常勤の講師ではないという意味で『非常勤講師』と記載するにいたった。経歴を詐称しようという気持ちは毛頭ございません」と意味不明の説明。松井一郎《まついいちろう》は「それは常勤ではないのはたしかなんでね。非常勤の講師だというふうにとらえてますけど」と発言。維新は「経歴詐称には当たらない」と結論付けた。

常勤ではないから非常勤講師を名乗ってOKって一休さんかよ。

それなら、私は世界にあるすべての大学の非常勤講師である。

雲林院《うんりんいん》

【住所】京都市北区紫野雲林院町二三
【最寄り】市バス「大徳寺前」すぐ

雲林院《うんりんいん》は京都市北区紫野《むらさきの》にあった寺院。淳和《じゅんな》天皇の離宮紫野院《むらさきのいん》を、貞観一一（八六九）年に遍昭《へんじょう》僧正が寺に改めたもの。平安・鎌倉時代に天台宗の官寺《かんじ》として栄えた。桜と紅葉の名所で歌枕としても有名。『今昔物語集』『大鏡』の題材ともなる。

在原業平《ありわらのなりひら》が『伊勢物語』の筋を夢で語る謡曲『雲林院』の題材にもなっている。応仁の乱で廃絶。現在の雲林院は、宝永《ほうえい》四（一七〇七）年にかつての寺名を踏襲し、再建されたもの。

先《さい》つ頃《ころ》、雲林院の菩提講《ぼだいかう》に詣《まう》でてはべりしかば、例人よりはこよなう年老い、

うたてげなる翁《おきな》二人、嫗《おうな》といきあひて、同じ所に居ぬめり。「あはれに、同じやうなるもののさまかな」と見はべりしに、これらうち笑ひ、見かはして言ふやう、「年頃《としごろ》、昔の人に対面《たいめ》して、いかで世の中の見聞くことをも聞こえあはせむ、このただ今の入道殿下の御有様をも申しあはせばやと思ふに、あはれにうれしくも会ひ申したるかな。今ぞ心やすく黄泉路《よみぢ》もまかるべき。おぼしきこと言はぬは、げにぞ腹ふくるる心地しける。かかればこそ、昔の人はもの言はまほしくなれば、穴を掘りては言ひ入れはべりけめとおぼえはべり。かへすかへすうれしく対面したるかな。さてもいくつにかなりたまひぬる」と言えば、――。（『大鏡』序）

さきごろ、私（物語全体の語り手）が雲林院の菩提講（極楽往生を求めて法華《ほけ》経《きょう》を説法する法会《ほうえ》）に参詣しておりましたところ、ふつうの老人より格段に年が寄り、異様な感じのする老人二人・老女一人とが偶然に出会って、同じ場所に座ったようでした。「よくまあ、同じような様子の老人たちだなあ」と、感心して眺めておりますと、この老人たちは互いに笑って顔を見合わせて言うには、一人の老人（大宅世継《おおやけのよつぎ》）が、「長年、昔の知合いに会って、ぜひとも、世の中で見聞きすることも語り合いたい、また、このただ今の入道殿下（藤原道長《みちなが》）のご様子をもお話し申し合いたいと思っておりましたところ、ほんとうにまあ、うれしくもお会い申したことですよ。これで今こそ安心して冥途にも旅立つことができます。心に思っていることを口に出さずにいるのは、まったく腹のふくれるような気持ちがするものでした。こんなわけで、昔の人は、何かものが言いたくなると、穴を掘ってはその中に言い入れおいたのであろうと思われます。かえすがえすもうれしいことに、こうしてお会いできたものですね。それにしても、あなたは何歳におなりになられたのか」と言いますと、――。

『大鏡』は平安後期成立の歴史物語である。作者は不詳。文徳《もんとく》天皇から後《ご》一条《いちじょう》天皇の代までの出来事を、大宅世継と夏山繁樹《なつやまのしげき》という二人の一五〇歳をこえた老翁が語るという体裁をとっている。引用したのはその冒頭部分。

かつての雲林院は広大な敷地を誇った。なにしろ、鎌倉時代に雲林院の敷地に大徳寺は建立されている。しかし、現在の雲林院にそのおもかげはなく、観音堂だけがある。私は地下鉄の北大路駅から歩いて向かったが、駅近くでタクシー運転手に「ここの近くに雲林院というところはないですか。歩いていきたいのですが」と聞くと、「雲林院？　聞いたことがないなあ。じゃあ、乗っていく？」と。場所も知らないのに客を乗せるなよ。

結局、雲林院は大徳寺の向かいにあった。

門前の駒札《こまふだ》には、西行の歌がある。

これやきく雲の林の寺ならん

花を尋ねるこころやすめん

なお、『源氏物語』の作者である紫式部《むらさきしきぶ》はこの周辺で生まれ育ったとされ、名前は雲林院の建つ紫野に由来するといわれている。『源氏物語』では、光源氏は雲林院に参籠し、天台六〇巻を読みすすめた。

大将の君は、宮をいと恋しう思ひきこえたまへど、あさましき御心のほどを、「時々は、思ひ知るさまにも見せたてまつらむ」と、念じつつ過ぐしたまふに、人悪ろく、つれづれに思さるれば、秋の野も見たまひがてら、雲林院に詣でたまへり。故母御息所の御兄の律師の籠もりたまへる坊にて、「法文など読み、行なひせむ」と思して、二、三日おはするに、あはれなること多かり。紅葉やうやう色づきわたりて、秋の野のいとなまめきたるなど見たまひて、故里も忘れぬべく思さる。

光源氏は中宮を恋しく思いながらも、どんなに御自身が冷酷であったかを反省おさせする気で引きこもっていたが、こうしておればおるほど見苦しいほど恋しかった。この気持ちを紛《まぎ》らそうとして、ついでに秋の花野もながめがてらに雲林院へ行った。（光）源氏の母君の桐壺《きりつぼ》の御息所《みやすどころ》の兄君の律師《りっし》がいる寺へ行って、経を読んだり、仏勤めもしようとして、二、三日こもっているうちに身にしむことが多かった。木立ちも紅葉《もみじ》をし始めて、そして移ろうていく秋草の花の哀れな野をながめていては家も忘れるばかりであった。

雲林院は自然が豊かなところだった。清少納言は『枕草子』でこう書いている。

祭の帰さ見るとて、雲林院、知足院などの前に車を立てたれば、郭公も忍ばぬにやあらむ、鳴くに、いとようまねび似せて、木高き木どもの中に、諸声に鳴きたるこそ、さすがにをかしけれ。

祭の帰さの見物で、北郊紫野の雲林院や知足院などの前に車を立てて待っていると、郭公《ほととぎす》も、もうこのころになると我慢しきれないといった風情で鳴く。すると、鶯《うぐいす》がその声をそっくり巧く真似て、あの辺の木高い立木の茂みの中で声をそろえて鳴くのは、これはさすがに、捨てがたい風情がある。

下鴨神社《しもがもじんじゃ》（賀茂御祖神社《かもみおや》）

【住所】京都市左京区下鴨泉川町五九
【最寄り】京阪電車「出町柳」駅より徒歩一二分

下鴨《しもがも》神社は、賀茂御祖《かもみおや》神社の通称。賀茂別雷《かもわけいかずち》神社（上賀茂神社）と合わせて賀茂神社と総称される。東殿に玉依媛命《たまよりひめのみこと》、西殿に賀茂建角身命《たけつぬみのみこと》を祀る。玉依媛命は賀茂建角身命の娘で、賀茂別雷神社（上賀茂神社）祭神の母。鎮座年代は不詳。桓武天皇の平安遷都後、上賀茂社とともに崇敬され、山城国一宮《やましろのくにいちのみや》となる。

行《ゆ》く河の流れは絶えずして、しかも、もとの水にあらず。淀みに浮かぶうたかたは、かつ消え、かつ結びて、久しくとどまりたる例《ためし》なし。世の中にある、人と栖《すみか》と、またかくのごとし。玉敷《たましき》の都のうちに、棟を並べ、甍《いらか》を争へる、高き、賤《いや》しき、人の住まひは、世々を経て尽きせぬものなれど、これをまことかと尋ぬれば、昔ありし家は稀《まれ》なり。或いは去年《こぞ》焼けて今年造れり。或いは大家《おおいへ》亡《ほろ》びて、小家となる。住む人もこれに同じ。(『方丈記』)

河の流れは一瞬も休まない。それどころか、河の水は後ろの水に押されて、つねに前へ進み、元の位置に留まることはない。休むことなく位置を変えている。流れていないように見える淀みもそうだ。無数の水の泡が、留まることなく浮かんでは消えて、元の形を保つという話はいまだ聞かない。やはり、休むことなく形を変えている。このように変化の継続する中に「無常」という真理が宿っている。この真理は、そのまま人間の世界にもあてはめることができる。人と住まいもまた、ちょうど河の水や水の泡と同じなのだ。宝石を敷きつめたように美しくりっぱな都の中には、身分の高い人や低い人の住まいが、ぎっしりと棟を並べ、屋根の高さを競い合うように建っている。この住まいは時代が変わっても、消えることはないように見える。だが、ほんとうに元のまま変わらないのか調べてみると、昔のままの家はむしろ例外である。去年焼けて、今年新築した家がある。また、昔の豪邸がなくなって、今は小さな家にかわっている。住む人もこれと同じだ。

人間、一瞬先になにがあるかわからない。

長明はこう続ける。

朝に死ぬ人があるかと思うと、夕方に生まれる人がある。生まれ死んでゆく人は、どこから来てどこへ行くのか。この世は仮の宿なのに、誰のために心を悩ませて、何のために目を喜ばせようとするのか。

家の主人や住まいがはかなく消えていく様子は、朝顔の花とそれにつく露の関係に似ている。

あるときは露が落ちて花が残ることがある。しかし、残っても朝日にあたるとしぼんでしまう。

花がしぼんでも露は消えないこともある。しかし夕方までには消えてしまう。

要するに、早いか遅いかは程度の問題で、どちらにせよ人は死ぬ。
長明はこんな歌も読んでいる。

石川や瀬見の小川の清ければ
付きも流れを尋ねてぞすむ　（『無名抄』）

石川の瀬見の小川が清らかなので、賀茂の神はこの地にお住まいになられたのだが、月もまたこの流れを探し求めて、澄んだ姿を川面に映しているのだな。

糺《ただす》の森（下鴨神社の社《やしろ》を囲んでいる鎮守の森）は何度か散歩したことがある。境内を流れる御手洗川《みたらしがわ》は、土用の丑《うし》の日の「足つけ神事」、立秋前夜の「矢取《やとり》神事」、賀茂祭（葵《あおい》祭）の「斎王代《さいおうだい》の御禊《ぎょけい》の儀」などが執行される場所。近くにある「鯖《さば》街道 花折」で鯖寿司も何回か食べた。おいしかった。

上賀茂神社《かみがもじんじゃ》（賀茂別雷神社《かもわけいかづちじんじゃ》）

【住所】京都市北区上賀茂本山三三九
【最寄り】市営地下鉄「北山」駅より徒歩一五分

賀茂神社とは、賀茂別雷神社（上賀茂神社）、賀茂御祖神社（下鴨神社）、またその祭神を各地に勧請《かんじょう》した神社のこと。上賀茂神社・下鴨神社は古くより朝廷の崇敬を受け、ことに桓武天皇の平安遷都後、伊勢神宮《いせじんぐう》に次ぐ所遇を受けた。上賀茂神社は賀茂別雷大神を祀る。

日たけゆきて、儀式もわざとならぬさまにて出でたまへり。隙もなう立ちわたりたるに、よそほしう引き続きて立ちわづらふ。よき女房車多くて、雑々の人なき隙を思ひ定めて、皆さし退けさするなかに、網代のすこしなれたるが、下簾のさまなどよしばめるに、いたう引き入りて、ほのかなる袖口、裳の裾、汗衫《かざみ》など、

もの の 色、いときよらにて、ことさらにやつれたるけはひしるく見ゆる車、二つあり。

「これは、さらに、さやうにさし退けなどすべき御車にもあらず」

と、口ごはくて、手触れさせず。いづかたにも、若き者ども酔ひ過ぎ、立ち騒ぎたるほどのことは、えしたためあへず。おとなおとなしき御前の人びとは、「かくな」など言へど、えとどめあへず。

斎宮の御母御息所、「もの思し乱るる慰めにもや」と、忍びて出でたまへるなりけり。つれなしつくれど、おのづから見知りぬ。

「さばかりにては、さな言はせそ。大将殿をぞ、豪家には思ひきこゆらむ」

など言ふを、その御方の人も混じれば、いとほしと見ながら、用意せむもわづらはしければ、知らず顔をつくる。(『源氏物語』「葵」)


邸《やしき》を出たのはずっと朝もおそくなってからだった。この一行はそれほどたいそうにも見せないふうで出た。車のこみ合う中へ幾つかの左大臣家の車が続いて出て来たので、どこへ見物の場所を取ろうかと迷うばかりであった。貴族の女の乗用らしい車が多くとまっていて、つまらぬ物の少ない所を選んで、じゃまになる車は皆除《の》けさせた。その中に外見《そとみ》は網代車《あじろぐるま》の少し古くなった物にすぎぬが、御簾《みす》の下のとばりの好みもきわめて上品で、ずっと奥のほうへ寄って乗った人々の服装の優美な色も童女の上着の汗衫《かざみ》の端の少しずつ洩《も》れて見える様子にも、わざわざ目立たぬふうにして貴女《きじょ》の来ていることが思われるような車が二台あった。

「このお車はほかのとは違う。除けられてよいようなものじゃない」

と言ってその車の者は手を触れさせない。双方に若い従者があって、祭りの酒に酔って気の立った時にすることははなはだしく手荒いのである。馬に乗った大臣家の老家従などが、

「そんなにするものじゃない」

と止めているが、勢い立った暴力を止めることは不可能である。

斎宮《さいぐう》の母君の御息所《みやすどころ》が物思いの慰めになろうかと、これは微行《しのび》で来てい

た物見車であった。素知らぬ顔をしていても左大臣家の者は皆それを心では知っていた。

「それくらいのことでいばらせないぞ、大将さんの引きがあると思うのかい」

などと言うのを、供の中には（光）源氏の召使も混じっているのであるから、抗議をすれば、いっそう面倒になることを恐れて、だれも知らない顔を作っているのである。

あまりにも有名な『源氏物語』の「車争い」のシーンである。

平安時代、「祭」といえば賀茂祭のことだった。葵の花を飾った平安後期の装束での行列が有名で、賀茂祭は葵祭ともいう。賀茂祭には斎院《さいいん》が奉仕した。社頭の儀に奉仕するために斎院はその数日前に鴨川で禊《みそぎ》をした。これが斎王御禊である。

光源氏の妻である葵上《あおいのうえ》は、あまり乗り気ではなかったが、従者とともに賀茂祭に出向く。そして、光源氏の愛人の「六条の御息所」の車と場所取りで争うことになる。それが物語を暗い方向に導いていく。

兼好もまた賀茂祭を見物する連中を描写した。

何となく葵懸け渡してなまめかしきに、明けはなれぬほど、忍びて寄する車どものゆかしきを、それか、かれかなど思ひ寄すれば、牛飼ひ・下部などの見知れるもあり。をかしくも、きらぎらしくも、さまざまに行き交ふ、見るもつれづれならず。暮るるほどには、立て並べつる車ども、所なく並みゐつる人も、いづかたへか行きつらん、程なく稀に成りて、車どものらうがはしさも済みぬれば、簾《すだれ》・畳も取り払ひ、目の前にさびしげになりゆくこそ、世のためしも思ひ知られて、あはれなれ。大路見たるこそ、祭見たるにてはあれ。

賀茂祭では葵の葉を何となく掛けていて、優雅な感じがしているのだが、夜も明けきらないうちに、車が忍んで寄せてくるのである。その車の持ち主は誰だろうと思って近づいていくと、牛飼《うしかい》や下部《しもべ》などの中には見知った者もいる。祭りは面白くて、きらきらとしていて、さまざまな人たちが行き交っている、見ているだけで退屈することもない。日が暮れる頃には、並んでいた車や所狭しと集まっていた人たちもどこかへと去ってしまい、間もなく車も人もまばらになってくる。車たちの騒がしい行き来がなくなると、簾や畳も取り払われて、目の前は寂しげな様子になってくる。そんな時には世の無常の喩えも思い出されて、あわれな感慨が起こってくる。祭りは最後まで見てこそ、祭りを見たということができるのではないだろうか。

兼好はこうも言っている。

我等が生死《しょうじ》の到来、唯今にもやあらむ。それを忘れて、物見て日を暮す、愚かなる事は猶まさりたるものを。（『徒然草』）

上賀茂神社の競馬《くらべうま》を兼好が見物したとき、乗ってきた牛車の前に群衆がいて、よく見えなかった。牛車から下りて、馬場の周囲の柵のところまで近寄ったが、混雑していて分け入っていけそうな様子ではない。その向いにある楝《おうち》（栴檀《せんだん》）の木の股に腰かけて見物している法師がいた。

枝につかまりながら、眠りこけて、落ちそうになると目を覚ます。

これを見た人が「バカだなあ。あんな危ない木の上で、よくも安心して眠れるものよ」と言った。

それに対し、兼好は「我々の死が訪れるのだって、まさに今かもしれない。それを忘れて見物に一日を費やしている。その愚かさは、あの法師より、ずっとひどいものなのに」と言った。

すると、前にいた人が「本当にそうですね」と言って、場所を空けて、兼好に譲ってくれた。人は木石《ぼくせき》ではないのだから、このように心が動くこともある。

賀茂川堤は桜の名所でもある。源実朝《みなもとのさねとも》はこう詠んだ。

桜花散りかひ霞む春の夜の

おぼろづくよの賀茂の川風

鞍馬寺《くらまでら》

【住所】京都市左京区鞍馬本町一〇七四
【最寄り】叡山電車「鞍馬」駅すぐ

鞍馬山中腹にある鞍馬弘教《こうきょう》の総本山。松尾山金剛寿命院《しょうびざんこんごうじゅみょういん》と号する。「くらま」とはクマラの転化で、人類救済の使命を帯びた地球の霊王サナートクマラが奥の院に出現したとの伝による。宝亀元（七七〇）年、鑑禎《がんちょう》の創建と伝える。開山当時は律宗《りっしゅう》、その後は真言宗だったが保安《ほうあん》年間（一一二〇〜一一二四）には青蓮院門跡《しょうれんいんもんぜき》の支配下となって天台宗に属した。幕末には一時、日光輪王寺《にっこうりんのうじ》門跡の支配下となったが、のち青蓮院門跡下に復し、昭和二四（一九四九）年に天台宗を離脱して単立寺院となった。

近うて遠きもの——宮のべの祭。思はぬはらから、親族《しぞく》の仲。鞍馬のつづらを

りといふ道。師走《しはす》のつごもりの日、正月《むつき》の朔日の日のほど。(『枕草子』)

(近いくせに遠いもの) 宮のべの祭り。愛情のない兄弟・親族の間柄。鞍馬の九十九折《つづらおり》という、幾重にも折れ曲がった坂道。一二月の大みそかの日と正月の一日の間。

これは清少納言のいう通り。

本当にそう思う。私も鞍馬寺で大変な目にあった。

しかし、「九十九折」はほんの序の口。山門から終点の多宝塔《たほうとう》駅までケーブルカーに乗れば、本殿までは楽に行くことができる。その先が大変だった。

本殿を参拝した後は、奥の院を経由して貴船神社に向かったが、こちらのほうが「近うて遠きもの」である。ガイドブックを見ると、たいした距離ではないし、完全に舐めていたが、山の中を上ったり下ったりで、普段の運動不足のせいか、途中で何度も座り込んでしまった。救助ボタンが一〇〇メートルおきにあって、それを押したい気分になった。余計なお世話かもしれないが、ここを歩くのは老人には無理だと思う。足腰が弱い人は、鞍馬寺を参拝した後は、一度貴船口《きぶねぐち》駅まで引き返し、バスに乗って貴船神社に行ったほうがいい。

鞍馬寺の奥にある霊宝殿《れいほうでん》にも寄った。ここは博物館で鞍馬寺周辺の植物や寺宝などが展示されている。『源氏物語』の「若紫《わかむらさき》」の帖に言及する展示もあった。

光源氏は瘧病《わらわやみ》の治療のため、北山の修験僧を訪ねるが、そこで一八歳の光源氏は一〇歳の若紫(紫上)を見出すことになる。ここに登場する北山の「なにがし寺」は、鞍馬寺がモデルといわれている。

瘧病にわづらひたまひて、よろづにまじなひ加持など参らせたまへど、しるしなくて、あまたたびおこりたまひければ、ある人、「北山になむ、なにがし寺といふ所に、かしこき行ひ人はべる。去年の夏も世におこりて、人びとまじなひわづらひしを、やがてとどむるたぐひ、あまたはべりき。ししこらかしつる時はうたてはべるを、とくこそ試みさせたまはめ」など聞こゆれば、召しに遣はしたるに、「老いかがまりて、室の外にもまかでず」と申したれば、「いかがはせむ。いと忍びてものせむ」とのたまひて、御供にむつましき四、五人ばかりして、まだ暁におはす。

源氏は瘧病にかかっていた。いろいろとまじないもし、僧の加持《かじ》も受けていたが効験《ききめ》がなくて、この病の特徴で発作的にたびたび起こってくるのをある人が、

「北山の某《なにがし》という寺に非常に上手な修験僧《しゆげんそう》がおります、去年の夏この病気がはやりました時など、まじないも効果《ききめ》がなく困っていた人がずいぶん救われました。病気をこじらせますと癒《なお》りにくくなりますから、早くためしてごらんになったらいいでしょう」

こんなことを言って勧めたので、源氏はその山から修験者を自邸へ招こうとした。

「老体になっておりまして、岩窟を一歩出ることもむつかしいのですから」

僧の返辞《へんじ》はこんなだった。
「それではしかたがない、そっと微行《しのび》で行ってみよう」
こう言っていた源氏は、親しい家司《けいし》四、五人だけを伴って、夜明けに京を発って出かけたのである。

境内にある由岐《ゆき》神社のそばに、涙の滝と呼ばれる小さな滝がある。『源氏物語』では、法華三昧堂《ほっけざんまいどう》のほうから、読経して滅罪《めつざい》を請う行法《ぎょうほう》の声が、山おろしの風にのって聞こえてくる。それが滝の音に響き合う。

吹き迷ふ深山《みやま》おろしに夢さめても
涙もよほす滝の音かな　――光源氏

鞍馬寺は、源義経《よしつね》が幼少期を過ごした場所でもある。NHK大河ドラマの『義経』を見たことがあるが、滝沢秀明《たきざわひであき》が義経を演じ、最初のシーンは鞍馬寺だったと思う。

境内の本殿金堂から奥の院に向かう途中を僧正《そうじょう》ガ谷《たに》といい、牛若丸はここで天狗から武芸を習った。こんなところで暮らしていれば、足腰も強くなるに決まっている。

貴船神社《きふねじんじゃ》

【住所】京都市左京区鞍馬貴船町一八〇
【最寄り】叡山電車「貴船口」駅で京都バスに乗り換え「貴船」徒歩五分

賀茂川上流域の渓谷にある神社。祭神は高龗神《たかおかみのかみ》。古くは木船、木布禰、黄船、貴布禰などとも記されたが、明治以降、貴船と定める。平安京の水神で祈雨《きう》、止雨《しう》の神としてあがめられた。縁結びの神としても知られる。全国約二八〇の貴船神社の総本社。

すべて神の社こそ、捨てがたく、なまめかしきものなれや。ものふりたる森の気色《けしき》もただならぬに、玉垣しわたして、榊にゆふかけたるなど、いみじからぬかは。ことにをかしきは、伊勢・賀茂・春日・平野・住吉・三輪・貴布禰・吉田・大原野・松尾《まつのお》・梅宮《うめのみや》。（『徒然草』）

すべて神の社こそ、ぞっとする程ものさびて、古雅なものではないか。どことなく古めかしい森の景色も世間一般とは異なるのに、そこに玉垣をめぐらせて、榊《さかき》の枝に木綿《ゆう》かけているところなど、すばらしくないことがあろうか。とくに趣深い神社は、伊勢神宮（伊勢市）、賀茂神社（京都市）、春日《かすが》大社（奈良市）、平野《ひらの》神社（京都市）、住吉《すみよし》神宮（大阪市）、大神《おおみわ》神社（奈良県桜井《さくらい》市）、貴船神社（京都市）、吉田《よしだ》神社（京都市）、大原野《おおはらの》神社（京都市）、松尾《まつお》神社（京都市）、梅宮《うめのみや》神社（京都市）などである。

鞍馬寺から貴船神社まで山の中を歩き、疲れ果てていたが、境内に入ると私も兼好と同じようになまめかしきものを感じた。目の前を流れる貴船川《きぶねがわ》沿いには川床が並ぶ。六月下旬から七月上旬にかけては、源氏蛍が飛びかう。

藤原俊成《としなり》はこう詠んだ。

貴船川玉散る瀬々の岩浪に
氷を砕く秋の夜の月

貴船川の岩にぶつかって散る波。それが月の光により、氷を砕いているように見える。

紫式部と同じく中宮彰子《しょうし》に仕えていた和泉式部《いずみしきぶ》はこう詠んだ。

もの思へば沢の蛍もわが身より
あくがれいづる魂かとぞ見る

物思いをしていると、沢にいる蛍も、自分の身から離れ、さまよい出た魂のように見える。

寂光院《じゃっこういん》

【住所】京都市左京区大原草生町六七六
【最寄り】京都バス「大原」より徒歩一五分

天台宗の尼寺。山号は清香山《せいこうさん》。創建は聖徳太子《しょうとくたいし》、空海、良忍《りょうにん》などといわれるが確証はない。本尊は地蔵菩薩《じぞうぼさつ》立像《りゅうぞう》。壇ノ浦《だんのうら》の戦いで平氏滅亡後、建《けん》礼門院徳子《れいもんいんとくこ》（清盛の娘）が隠棲《いんせい》した。この女院を見舞った後白河法皇の行幸は、『平家物語』や謡曲の『大原御幸《おおはらごこう》』で名高い。

さる程に上の山より、こき墨染《すみぞめ》の衣《ころも》着《き》たる尼二人《あまににん》、岩のかけぢをつたひつつ、おりわづらひ給ひけり。法皇是を御覧じて、「あれは何者ぞ」と御尋《おんたづ》ねあれば、老尼《らうに》涙をおさへて申しけるは、「花がたみひぢにかけ、岩つつじとり具してもたせ給ひたるは、女院にてわたらせ給ひさぶらふなり。爪木《つまぎ》に蕨《わらび》折り具してさぶ

らふは、鳥飼《とりかひ》の中納言伊実《ちゅうなごんこれざね》の娘、五条大納言邦綱卿《ごでうのだいなごんくにつなのきやう》の養子《やうじ》、先帝の御《おん》めのと、大納言佐《だいなごんのすけ》」（『平家物語』「大原御幸」）

しばらくして、上の山から、濃い墨染の衣を着た尼が二人、岩の険しい崖道を伝って、たどたどしい足どりで下りてくるのが見えた。法皇が、「あれは何者か」と尋ねると、老尼（阿波《あわ》の内侍《ないし》）は涙ながらに答えた。

「花籠をひじにかけ、岩躑躅《いわつつじ》を取り添えて持っていらっしゃるお方が女院です。たきぎに蕨を折り添えて持っているのが、鳥飼の中納言伊実の娘で、五条の大納言邦綱卿の養女、先帝の御乳母でいらした大納言の典侍で……」

寂光院の本堂前には「汀《みぎわ》の池」「汀の桜」と名づけられた『平家物語』ゆかりの文学遺跡がある。NHK大河ドラマの『清盛』でも、大原御幸はハイライトの一つだった。壇ノ浦の戦いで平家が滅亡した後、二階堂《にかいどう》ふみ演じる建礼門院徳子がいる寂光院に、松田翔太《まつだしょうた》演じる後白河法皇が訪ねてくる。清盛と後白河法皇の関係を思えば無常としか言いようがない。

いにしへも夢になりにし事なれば
柴の網戸のひさしからじな　――建礼門院徳子

昔の生活も夢になってしまった事なので、柴で編んだ戸に囲まれた庵での生活も長くはないでしょう。

寂光院には二度ほど行ったことがある。バスに乗ってのどかな道を走った。寂光院の背後の山には建礼門院の墓である大原西陵《おおはらにしのみささぎ》がある。

小林秀雄はこう述べる。

私は、バスを求めて、田舎道を歩いて行く。大和三山が美しい。それは、どの

様な歴史の設計図をもってしても、要約の出来ぬ美しさの様に見える。「万葉」の歌人等は、あの山の線や色合いや質量に従って、自分達の感覚や思想を調整したであろう。取り止めもない空想の危険を、僅《わず》かに抽象的論理によって、支えている私達現代人にとって、それは大きな教訓に思われる。(「蘇我馬子の墓」)

大和三山は奈良盆地南部、飛鳥《あすか》周辺の三体の山々(耳成山《みみなしやま》、畝傍山《うねびやま》、天香久山《あまのかぐやま》)の総称。私はしばらくこれを大原の話と勘違いしていた。しかし、この言葉が大原に当てはまらないわけではない。大原の美しさは要約できない。

比叡山延暦寺《ひえいざんえんりやくじ》

【住所】滋賀県大津市坂本本町四二二〇
【最寄り】坂本ケーブル「ケーブル延暦寺」より徒歩一〇分

天台宗の総本山。山号は比叡山《ひえいざん》。滋賀県から京都府にまたがる、大比叡《だいひえい》、四明《しめい》ヶ岳《だけ》、釈迦岳などを含む山並みを比叡山（日枝山《ひえ》）と称し、そのなかの三塔一六谷に点在する堂塔を総称して延暦寺《えんりやくじ》という。三塔とは、最澄《さいちょう》が護国を祈るため日本中の六か所に宝塔を建て『法華経』を安置しようと発願《ほつがん》した六所宝塔院《ろくしょほうとういん》に由来する。そのなかの東塔《とうとう》（近江宝塔院）が比叡山の滋賀県側に、西塔《さいとう》（山城宝塔院）が京都側につくられ、のち円仁《えんにん》により横川《よかわ》（北塔、根本如法塔《こんぽんにょほうとう》）が開かれ、その三区分を総称して三塔という。康保《こうほう》（九六七）年、良源《りょうげん》が座主《ざす》となり全山に伽藍を興《おこ》し、衆徒三〇〇〇人、堂坊五〇余を持つ全盛期を迎えた。

「賀茂河の水、双六《すごろく》の賽《さい》、山法師。是《これ》ぞわが心にかなはぬもの」と、白河院も仰せなりけるとかや。鳥羽院の御時、越前《ゑちぜん》の平泉寺《へいせんじ》を山門へつけられけるには、当山《たうさん》を御帰依《ごきえ》あさからざるによ（ッ）て、「非をも（ッ）て理とす」とこそ宣下《せんげ》せられて、院宣をば下されけれ。江帥《がうぞつ》匡房卿《きやうばうのきやう》の申されし様に、「神輿を陣頭《ぢんとう》へふり奉（ッ）て、う（ッ）たへ申さんには、君はいかが御ぱからひ候べき」と申されければ、「げにも山門の訴訟はもだしがたし」とぞ仰せける。（『平家物語』「願立」）

「賀茂川の水と、双六の賽、山法師。これが自分の思いのままにならないもの」と、白河院も、仰せられたということである。鳥羽院の御代に、越前国の平泉寺を山門の末寺とされたときには、この比叡山を深く信仰なさっていたので、「道理にあわないことだが、正しいこととして認めよう」と宣下されて、院宣をくだされたのであった。大宰権帥《だざいのごんのそち》大江匡房《おおえのまさふさ》卿が、かつて、「神輿を陣頭に振って内裏におしかけ、訴えてきたときは、君はいかが御処置なさいますか」と申されたとき、白河上皇は、「まことに、山門の訴訟は、顧慮しないわけにはいかぬ」と言われたということである。

また、NHK大河ドラマの話になってしまい申し訳ないが、『平清盛』で白河院《しらかわいん》を演じた伊東四朗《いとうしろう》もよかった。実際にどうだったかはわかるはずはないが、おそらくあんな感じの風貌だったのだろうと思わせるものがある。『平家物語』を読むと、どうしてもあの顔が浮かんできてしまう。

伊東四朗、いや白河院は圧倒的な権力を持つ自分ですら制御できないものとして「賀茂川の水、双六の賽、山法師」を挙げた。

当時は賀茂川が氾濫《はんらん》することが多かった。一一世紀末から一二世紀前半にかけての京都は、洪水の急増期とも重なっていた。専門家が集計したところ、白河院が天皇として即位（一〇七三年）する前後の七〇年代には三回どまりだったが、譲位（一〇八六年）する八〇年代には四回。以後、九〇年代に九回と急増し、一一〇〇年代に八回、一一〇年代に一一回、一二〇年代は八回と高止まりしたという。（「鴨川の洪水は『不如意』

院政四三年の白河院も翻弄」日経電子版、二〇二〇年八月二〇日）

双六は現在の双六とは別物だが、サイコロの目が思い通りにならないのは同じ。

山法師は比叡山延暦寺の僧兵のこと。僧兵は平安中期、寺領の荘園を貴族や武士の侵略から守るために発生したが、多くは私度僧《しどそう》（官の許可を得ないで剃髪・出家した僧尼）で無頼《ぶらい》の徒も多く、延暦寺の僧兵はしばしば日吉神社の神輿《しんよ》（御輿）を奉じて入京、強訴《ごうそ》した。

白河院は無理難題を主張する延暦寺の存在に悩んでいた。

さる程に山門の大衆《だいしゆ》、国司加賀守師高《かがのかみもろたか》を流罪《るざい》に処せられ、目代近藤判官師経《もくだいこんどうはうぐわんもろつね》を禁獄せらるべき由《よし》、奏聞《そうもん》度々に及ぶといへども、御裁許なかりければ、日吉《ひよし》の祭礼をうちとどめて、安元三年四月十三日辰《たつ》の一点に、十禅師《じふぜんじ》、客人《まらうど》、八王子、三社の神輿、賁《かざ》り奉（ッ）て、陣頭へ振り奉る。（『平家物語』「御輿振」）

さて、山門の大衆は、国司加賀守師高を流罪に、目代近藤判官《ほうがん》師経を禁獄に処するよう、度々奏聞したけれども、いっこうに御裁許がなかったので、日吉の祭礼をうちとどめて、安元三年四月十三日午前八時半ごろ、十禅師、客人、八王子の三社の神輿を飾り奉って、内裏の門に向かって、振りたてながら進んでいった。

この戦闘により、日吉の神輿に矢が放たれた。威嚇《いかく》のために矢を放ったのは、平重盛の軍勢である。

人々は祟《たた》りを恐れた。その後、京都では大火事が発生。京中の名所三〇余か所、公卿の家一六か所をはじめ、多くの建物が塵灰《じんかい》となった。

第三章

嵐山を歩く

仁和寺《にんなじ》

【住所】京都市右京区御室大内三三
【最寄り】嵐電（京福電鉄）「御室仁和寺」駅すぐ

真言宗御室《おむろ》派の総本山。大内山《おおうちやま》と号する。古くは「にわじ」と呼び、御室《おむろ》御所、また仁和寺《にんなじ》門跡と称した。本尊は阿弥陀三尊。光孝《こうこう》天皇の勅願により、仁和二（八八六）年に起工されたが、完成を見ず天皇は崩御《ほうぎょ》。宇多《うだ》天皇が遺志を継いで仁和四年に完成、真然《しんぜん》を導師として供養を営み、年号をとって仁和寺と号し、観賢《かんげん》が別当職についた。境内の御室桜は平安時代から有名で、古歌にも詠われた。

仁和寺《にんなじ》に隆暁法印《りゅうげうほふいん》といふ人、かくしつつ、数も知らず死ぬることを悲しみて、その首《かうべ》の見ゆるごとに、額《ひたひ》に阿字《あじ》を書きて、縁を結ばしむるわざをなんせられ

ける。（『方丈記』）

そのころ仁和寺に隆暁法印という高僧がいた。彼は、こんな悲惨な状況の中で、数限りなくもなく人々が死んでいくのを悲しんだ。そこで、死体に出会うと、必ずその額に梵字の阿《ア》を書いて、成仏《じょうぶつ》できるように仏縁を結んであげたという。

長明は悲惨な飢餓《きが》の実態を描いた。

兼好は晩年、仁和寺周辺に草庵を結んでいる。私が好きな『徒然草』のエピソードがいくつかある。

「羅《うすもの》の表紙は、疾《と》く損ずるが侘《わ》びしき」と人の言ひしに、頓阿《とんあ》が、「羅は上《かみ》、下《しも》、はつれ、螺鈿《らでん》の軸は、貝、落ちて後こそ、いみじけれ」と申し侍りしこそ、心勝りて覚えしか。一部と有る草子《そうし》などの、同じ様にも有らぬを、見悪しと言へ

ど、弘融僧都《こうゆうそうづ》が、「物を、必ず一具《いちぐ》に整へんとするは、拙《つたな》き者のする事なり。不具なるこそ、良けれ」と言ひしも、いみじく覚えしなり。「すべて、何も皆、事の整ほりたるは、悪しき事なり。し残したるを、然《さ》て、打ち置きたるは、面白く、生き延ぶる業なり。内裏造らるるにも、必ず作りて果てぬ所を残す事なり」と、或る人、申し侍りしなり。先賢《せんけん》の作れる内外の文にも、章段の欠けたる事のみこそ侍れ。

「薄絹で装丁した本の表紙はすぐに傷むので困る」とある人が言った。すると歌僧の頓阿（鎌倉時代後期から南北朝時代の僧・歌人）が「薄絹の表紙は、天地の糸がほつれ、螺鈿（貝殻の内側の真珠層を切り出し、はめ込む工芸手法）で装飾された軸は貝が落ちてからが味わい深い」と言った。

兼好はこの言葉に感心した。

何冊かで一揃いになっている草紙なども、それぞれの装丁が揃っていないと、人は見苦しいと言う。

しかし、弘融僧都（仁和寺の僧侶）は、「物を絶対に完備させようとするのは、つまらない者がすることだ。不揃いこそ味わいがある」と言った。

これにも兼好は感心した。

整然としているものがいいとは言えない。

やり残したことをそのままにしてあるのは、かえって趣がある。

ある人は「内裏（天皇の御所）を造るときには、必ず未完成の場所を残す」と言った。昔の賢人が書いた仏典や漢文の本にも、章段が欠けていることが、よくあるものだ。


一方で兼好はなにかにつけて仁和寺の法師をからかう。石清水八幡宮《いわしみずはちまんぐう》の項目で紹介する話もそうだし、美しい稚児《ちご》の気を引こうとして失敗する法師の話もある。酒に酔って、足鼎《あしがなえ》（足がついた金属製の容器）をかぶった法師は死にかけた。

これも仁和寺の法師、童《わらは》の法師にならんとする名残とて、各《おのおの》あそぶ事あり

けるに、酔ひて興に入るあまり、傍《かたはら》なる足鼎《あしがなへ》を取りて、頭《かしら》にかづきたれば、つまるやうにするを、鼻をおし平めて、顔をさし入れて舞ひ出たるに、満座興に入る事限りなし。

童が剃髪して僧になるので、そのお別れ会ということで皆で遊んでいた。仁和寺のある法師は酔って興が乗るあまりに、そばにあった足鼎を取って頭にかぶった。きつくて詰まるような感じだったが、鼻を押して平たくして、顔をさし入れて舞い踊りはじめた。座は大いに盛り上がった。

しかし、その後、足鼎がぬげなくなり、酒宴の場はしらけてしまった。割ることもできず、医者にも見放された。無理やりひっぱり一命をとりとめたが、法師の耳と鼻はなくなってしまった。ふざけるのもたいがいにしたほうがいいという話である。

広隆寺《こうりゅうじ》

【住所】京都市右京区太秦蜂岡町三二
【最寄り】市バス「太秦広隆寺前」すぐ

広隆寺《こうりゅうじ》は、京都最古の寺院。真言宗御室派の大本山。蜂岡山《はちおかざん》と号し、俗に太秦《うずまさ》の太子堂といわれる。本尊は聖徳太子像。このあたり一帯は古くから渡来人の秦《はた》氏が住んでいた地域で、秦河勝《はたのかわかつ》が聖徳太子から仏像を賜り、それを本尊として推古《すいこ》一一（六〇三）年に建立されたと『日本書紀《にほんしょき》』にある。

太秦という地名の由来も秦氏にある。

十一月の己亥《きがい》の朔に、皇太子《ひつぎのみこ》、諸大夫《もろもろのまへつきみたち》に謂《かた》りて曰《のたま》はく、「我、尊き仏像を有《たも》てり。誰か是の像を得て恭拝《ゐやまひをろが》まむ」とのたまふ。時に秦造《はたのみやつこ》河勝《かはかつ》、進みて曰《まを》さく、「臣《やつかれ》、拝みまつらむ」とまをし、便《すなは》ち仏像を受く。因《よ》りて蜂岡寺《はちをかでら》を造る。（『日本書紀』「推古天皇」）

十一月の己亥朔（一日）に、皇太子は諸々の大夫たちに語って、「私は尊い仏像を持っている。誰かこの像を引き取って礼拝する者はいないか」と仰せられた。その時、秦造河勝が進み出て、「私が礼拝いたしましょう」と申しあげ、仏像を受け取った。そして蜂岡寺を造った。

嵐山からの帰り道、市バス「太秦広隆寺前」で下車すると、すぐ近くに広隆寺はあった。京福電気鉄道嵐山本線の太秦広隆寺駅からも歩いてすぐ。檜皮葺《ひわだぶ》きの美しい屋根を持つ鎌倉時代の建築で、堂内には聖徳太子像がある。

私は山梨県の甲府《こうふ》市の生まれだが、中学も高校も修学旅行は京都だった。中学のときは奈良、高校の時は広島がセットだったような覚えがある。

京都は神社仏閣を中心にまわったが、ほとんど記憶がない。太秦の映画村とその後に広隆寺に行ったのをうっすらと覚えているくらいである。

高校の修学旅行では、長距離バスや新幹線などクラス単位で動く時以外は、男子三人、女子三人の六人のグループで行動することになっていた。私は当時つるんでいた川田君と小川君と男子のグループをつくった。当時は授業もサボりがちで、修学旅行は最初からどうでもいいと思っていたので、クラスの中で次々と男女のグループができていく中、最後に売れ残った女子三人と組むことになった。

女子の一人が言う。

「収君、京都楽しみだね」

「ああ、そうだね。楽しみだね」と答えたが、楽しみなわけがない。

当日は甲府駅に集合、特急あずさに乗って東京駅で新幹線に乗り換えた。京都に到着する頃になって、小川君が声をあげた。「ちょっとお〜、勘弁して〜」

財布が見当たらないという。どこかで落としたのか、自宅に置き忘れてきたのかは知らない。京都に到着して、グループ行動になったが、売れ残り女子三人のうちの一人が言う。

「ねえ、小川君。財布なくしたんでしょ。これあげるから」

女子三人で出し合って五〇〇〇円を渡した。

「なんていい人たちなのだろう」と私は思った。

それで、六人で最初の寺に行ったが、小川君はそこで木彫りの仏像（五〇〇〇円）を買っていた。いきなり初日に全額使うかよ。最高に面白かったのは、その二日後だった。

京都から広島に向かう新幹線の中で、「ちょっとお～、勘弁して～」と小川君が声を上げた。京都で買った仏像をなくしたという。すばらしい。

閑話休題。遠足というほどではないだろうが、清少納言も広隆寺に行った。

八月つごもり、太秦に詣《まう》づとて、見れば、穂に出でたる田を人いと多く見騒ぐは、稲刈るなりけり。早苗《さなへ》取りしかいつの間に、まことに先《さい》つころ賀茂へ詣づとて見しが、あはれにもなりにけるかな。（『枕草子』）

八月のおわりに太秦（広隆寺）におまいりする途中、稲刈りを見た。つい先日は賀茂におまいりする途中（田植えを）見たばかりなのに、もう秋にもなってしまったか。感無量だ。

私も気分はまだ修学旅行の時と同じ一七歳くらいだが、月日が経つのは早い。そろそろ死ぬかもしれない。

小倉山《おぐらやま》

【住所】京都市右京区嵯峨亀ノ尾町
【最寄り】嵐電「嵐山」駅、嵐山渡月橋から桂川上流の亀山公園の先に登山口がある

京都市右京区嵯峨《さが》にある山。標高二九五メートル。保津川《ほづがわ》の京都盆地への出口に近い北岸に位置し、南岸の嵐山《あらしやま》と相対する。古来、桜、紅葉の名所として知られる。東麓の嵯峨野《さがの》から、北東麓の化野《あだしの》にかけては史跡が多い。背後の小倉山の一部は、亀山《かめやま》と呼ばれる。

をしか鳴く此山里《このやまざと》と詠じけん、嵯峨のあたりの秋のころ、さこそはあはれにもおぼえけめ。片折戸《かたをりど》したる屋をみつけては、此内にやおはすらんと、ひかへ〳〵聞きけれども、琴ひく所はなかりけり。御堂などへ参り給へる事もやと、釈迦堂《しやかだう》をはじめて、堂々みまはれども、小督殿《こがうのとの》に似たる女房だにみえ給はず。（『平家

物語』「小督」）

「牡鹿鳴くこの山里」と歌にも詠まれているという、嵯峨のあたりの秋の情景は、さぞ哀れ深く思われたことであろう。片折戸のある家を見つけては、この内におられるのではないかと、馬をひきとめ、ひきとめしながら耳をすませたが、琴をひくところはなかった。御堂などへ詣でられることもあろうか、と、釈迦堂をはじめとして、あちらこちらの堂を見回ったが、小督殿に似た女房さえお見えにならない。

小倉山は古くから歌枕として有名である。

夕されば小倉の山に鳴く鹿は
今夜は鳴かずい寝にけらしも　――舒明《じょめい》天皇

夕方になれば小倉山に鳴く鹿が今宵は鳴かない。多分寝てしまったのだろう。

小倉山みねたちならし鳴く鹿の
へにけむ秋をしる人ぞなき　――紀貫之《きのつらゆき》

小倉山の峰で鳴く鹿は幾年の秋を経たことか。誰も知らないが。

私は苔が大好きなので、このあたりをたまに散歩する。新型コロナが拡大する前は、外国からの観光客でごったがえしていた。竹林の道に入ると、自撮り棒を持った観光客が大勢いて、たまに日本語が聞えるとほっとするくらいだった。

このあたりを散歩していて毎回思うのが、今すぐここで死にたいということだ。特に自殺願望があるわけではないが、このしっとりとした空気と苔に囲まれて死にたいという気分になる。

竹林の道を抜けて突き当りに大河内山荘《おおこうちさんそう》はある。時代劇などで知られる俳優大河内傳次郎《でんじろう》が別荘として造営した回遊式庭園で、大河内は映画出演料の大半を注ぎ込んだという。有料（一〇〇〇円）なので、何度もその前を通り過ごしていたが、真冬のある日、中に入ってみてショックを受けた。苔が黄金に輝いていたのである。

その数年後の冬にも大河内山荘に行ったが、同じような苔の色ではなかった。タイミングが悪かったのだろうか。死ぬ前にもう一度、あの黄金の苔を見たい。これも煩悩か。

野宮神社《ののみやじんじゃ》

【住所】京都市右京区嵯峨野宮町一
【最寄り】嵐電「嵐山」駅より徒歩八分

祭神は野宮大神《ののみやおおがみ》（天照皇大神《あまてらすおおみかみ》）。昔、天皇の代理で伊勢神宮にお仕えする斎王《さいおう》（天皇に代わって伊勢神宮の天照大御神に仕えるために選ばれた、未婚の皇族女性）が伊勢へ行く前に身を清めた場所。野宮の場所は天皇の即位ごとに定められた。嵯峨野の場所が使用されたのは嵯峨天皇の皇女仁子内親王《じんしないしんのう》が最初とされている。斎王制度は南北朝の戦乱で廃絶。

斎宮の御下り、近うなりゆくままに、御息所、もの心細く思ほす。やむごとなくわづらはしきものにおぼえたまへりし大殿の君も亡せたまひて後、さりともと世人も聞こえあつかひ、宮のうちにも心ときめきせしを、その後しも、かき絶え、あさましき御もてなしを見たまふに、まことに憂しと思すことこそありけめと、知り果てたまひぬれば、よろづのあはれを思し捨てて、ひたみちに出で立ちたまふ。（『源氏物語』「榊」）

斎宮の伊勢へ下向《げこう》される日が近づけば近づくほど（六条）御息所は心細くなるのであった。左大臣家の（光）源氏の夫人がなくなったあとでは、世間も今度は源氏と御息所が公然と夫婦になるものと噂していたことであるし、六条の邸の人々もそうした喜びを予期して興奮していたものであるが、現われてきたことは全然反対で、以前にまさって源氏は冷淡な態度を取り出したのである。これだけの反感を源氏に持たれるようなことが夫人の病中にあったことも、もはや疑う余地もないことであると御息所の心の中では思っていた。苦痛を忍んで御息所は伊勢行きを断行することにした。

伊勢神宮の斎王を斎宮、第二章で紹介した賀茂神社の斎王を斎院と呼ぶ。これに選ばれると、天皇の譲位や父母の死などがあるまで帰京できず、病気などで任務が遂行できない場合は退《しりぞ》いた。

斎王は、聖俗や仏事から離れて清浄な生活をする。『源氏物語』の登場人物である六条御息所が斎宮に任命された娘とともに潔斎《けっさい》したのが野宮神社である。光源氏の愛人であった六条御息所は、光源氏との恋を諦め、その思いを吹っ切るために、斎宮となる娘とともに京都を離れる決意をしたのだった。

『徒然草』で兼好は言う。

> **齋王の、野の宮におはします有様こそ、やさしく、面白き事の限りとは覺えしか。「經」・「佛」など忌みて、「中子《なかご》」、「染紙《そめがみ》」などいふなるもをかし。**

斎王が野宮に籠っていらっしゃる様子こそ、優美で心惹かれることこの上もない。「経」や「仏」などの仏教語を避けて、中子、染紙などと言うのも趣深い。

「斎宮の忌《い》み詞《ことば》」とは、伊勢神宮の斎王が、仏教語や不浄な語を避けるために、代わりに用いた言葉のことである。経を「染紙」と呼んだのは、上代では防虫と美観の目的から虫よけの効果があるとされた黄蘗《きはだ》で染めた紙が、写経用紙として用いられたからである。他にも、死を「直り物」、僧を「髪長《かみなが》」、血を「汗」、仏を「中子」、病気を「慰《やすみ》」などと言った。

こういう言葉を覚えていくのは面白い。

私は高校生の頃、古文が嫌いだった。

普段使っている現代の日本語があるのに、なぜ昔の言葉を覚えないとならないのかと思っていた。そんなにすばらしいことが書いてあるなら、現代語に訳したものを読めばいいではないかと。

若者はバカなので合理主義的である。文章は「内容」だと思っているので、そこから「情報」しか読み取ることができない。それが示す「型」を共有しようとはしない。

それに気づいたので、私は大人になってから古文の勉強を始めた。

といっても、なにかの試験を受けるわけでもないし、高校生が必死になって単語や文法を頭の中に押し込むような勉強ではなくて、現代語訳と突き合わせながら、ゆっくり楽しみながら読んでいくというやり方になった。

ここのところはひたすら『源氏物語』を読んでいるが、原典、現代語訳（与謝野晶子訳）、解説書を同時に読み進め、さらにそれを追いかけるような形で林望《はやしのぞむ》訳、谷崎潤一郎《たにざきじゅんいちろう》訳を読んでいる。しかもなるべくゆっくり読むようにしているので、いつまで経っても終わらない。読んでいる時間が大事なので、それでいいと思っている。

天龍寺《てんりゅうじ》

【住所】京都市右京区嵯峨天龍寺芒ノ馬場町六八
【最寄り】嵐電「嵐山」駅すぐ

臨済宗天龍寺《てんりゅうじ》派の大本山。霊亀山《れいきざん》天龍資聖《ししょう》禅寺と号する。本尊は釈迦如来。京都五山の第一位。暦応《りゃくおう》二（一三三九）年、後醍醐天皇が吉野の行宮《あんぐう》で崩御、足利尊氏《たかうじ》・直義《ただよし》の兄弟が夢窓疎石《むそうそせき》の勧めによって、冥福を祈るために創建した。鎌倉前期の建長年間（一二四九〜一二五六）に後嵯峨上皇が新たに仙洞《せんとう》御所亀山殿を造営した。この離宮は、そののち亀山《かめやま》天皇（第九〇代）、後醍醐天皇（第九六代）と、大覚寺《だいかくじ》統の天皇に伝領されるに至る。

亀山殿の御池に、大井川の水をまかせられんとて、大井の土民におほせて、水《みず》車《ぐるま》をつくらせられけり。多くの銭《あし》を給ひて、数日《すじつ》に営み出《い》だしてかけたりける

に、大方《おほかた》めぐらざりければ、とかくなほしけれども、終《つひ》にまはらで、いたづらに立てりけり。さて、宇治の里人を召して、こしらへさせられければ、やすらかに結《ゆ》ひて参らせたりけるが、思ふやうにめぐりて、水を汲み入るる事、めでたかりけり。万《よろづ》にその道を知れる者は、やんごとなきものなり。（『徒然草』）

亀山殿（場所は現在の天龍寺）の御池に、大堰川《おおいがわ》の水を引き入れたいとのことで、土地の住人に命じて、水車を作らせたことがあった。多額の資金を使い、かなりの日数をかけて作り出したのに、まったく回転しない。あれこれ手直ししたが、とうとう回らず、空しく放置されることとなった。

そこで宇治の里の住人に作らせたところ、やすやすと作り上げて、水車もうまく回転し、水をくみ上げる様子は見事であった。万事、その道を知る専門家はすばらしいものである。

餅は餅屋である。

大堰川は嵐山のふもとを流れる川。北丹波《きたたんば》に源を発する保津川は、嵐山付近で大堰川と名前を変え、さらに渡月橋《とげつきょう》から下流は桂川《かつらがわ》と名を変える。

渡月橋は平安初期（九世紀）に架設されたのが始まりといわれる。角倉了以《すみのくらりょうい》が慶長《けいちょう》一一（一六〇六）年に大堰川の開削にあたって、現在の場所に架橋した。現在の橋は昭和七（一九三二）年に橋脚を鉄筋コンクリートに改めたものである。

天龍寺は渡月橋から歩いてすぐ。嵐電（京福電鉄）嵐山駅の目の前にある。

私が天龍寺に行ったときは、放生池《ほうじょういけ》の蓮がすばらしかった。例年の見頃は、七月中旬～八月中旬とのこと。

藤原俊成の孫娘である俊成女は、波しぶきをあげる大堰川の早瀬のように、あっという間に過ぎてしまう春を詠《うた》った。

大井川いはみなはやく春くれて
筏《いかだ》のところに夏ぞきにける

大堰川の岩波が早く流れていくように、春は暮れて（川を下る）筏の床に夏が来た。

嵯峨野と嵐山を分ける渡月橋。嵐山を代表する観光地となっている。

法輪寺《ほうりんじ》

【住所】京都市西京区嵐山虚空蔵山町
【アクセス】嵐電「嵐山」駅より徒歩一五分

真言宗御室派の寺。山号は智福山《ちふくさん》。和銅《わどう》六（七一三）年に元明《げんめい》天皇の勅願により行基《ぎようき》が創建。法隆寺《ほうりゆうじ》と同様の伽藍《がらん》配置。本尊は虚空蔵菩薩《こくうぞうぼさつ》。虚空蔵とは、大空（宇宙）を意味する。清少納言の『枕草子』では、京都の代表的な寺院として挙げられ、本尊のご利益は『今昔物語集』にも描かれている。

むなしう帰り参りたらんは、なか〳〵参らざらんよりあしかるべし。是よりもいづちへもまよひゆかばやと思へども、いづくか王地《わうぢ》ならぬ、身をかくすべき宿もなし。いかがせんと思ひわづらふ。まことや法輪は程ちかければ、月の光にさそはれて、参り給へる事もやと、そなたにむかひてぞあゆませける。

尋ねあてることができずに、むなしく宮中に帰るのは、かえって捜しにこないことよりも悪いであろう、ここからどこへなりと行方をくらましてしまいたいと思ったが、天皇の御領地でないところがどこにあろう、身を隠すことのできる家もない。どうしたらよいかと思い悩んだ。たしか法輪寺はすぐ近くなので、月の光にさそわれて参詣なさることがあるかもしれないと、ふと思いついて、その方向へと馬をすすめた。

（『平家物語』「小督」）

このあたりは身を隠すにはちょうどいい場所だったのかもしれない。少し話がずれるが、昔、光ＧＥＮＪＩというアイドルグループがいた。ローラースケートをしながら歌ったり踊ったりして人気者になったが、あるとき以降、ぱったりと姿を見せなくなった。その後話題になったのも、ＤＶ騒動とか覚せい剤騒動くらい。『パラダイス銀河』という曲を歌っていたが、この世の無常を感じたことだろう。

法輪寺《ほうりんじ》は渡月橋を渡ったところにある。

八〇〇年頃、道昌《どうしょう》僧正が勅願により大堰川を修築し、橋を架けた。この橋がのちに法輪寺橋と呼ばれ、さらに亀山上皇がこの橋を見て「くまなき月の渡るに似たり」と言った。

空に昇る月が移動していく様子はまるで橋を渡っているようだと。そこから渡月橋と命名されたという。

西行は法輪寺に籠ったこともあった。

小倉山ふもとに秋の色はあれや
梢の錦かぜに絶たれて

小倉山の山上の梢の錦は風に断ち切られてしまって、秋の紅葉の色は、今や麓に移ってしまったことであろうか。

祇王寺《ぎおうじ》

【住所】京都市右京区嵯峨鳥居本小坂町三二
【最寄り】市バス「嵯峨釈迦堂前」より徒歩一五分

真言宗大覚寺《だいかくじ》派の尼寺。法然《ほうねん》（源空《げんくう》）の門弟良鎮《りょうちん》の創建と伝えられる。平清盛の寵《ちょう》を失い、尼となった白拍子《しらびょうし》祇王《ぎおう》と、妹の祇女《ぎじょ》、母の刀自《とじ》らがこもったことにちなみ、祇王寺と呼ばれるようになった。明治二八（一八九五）年に京都府知事が嵯峨にある別荘の一棟を寄付し、嵯峨の有志、富岡鉄斎《とみおかてっさい》、大覚寺門跡 楠 玉諦《くすのききぎょくたい》らによって、祇王ゆかりの寺として再建された。仏間には正面に本尊大日如来《だいにちにょらい》、左に清盛、祇王、刀自、右に祇女、仏御前《ほとけごぜん》の木像が安置されている。寺の墓地にある宝篋印塔《ほうきょういんとう》は、祇王、祇女、刀自の墓、五輪塔は平清盛の供養塔で、いずれも鎌倉時代のものである。

萌え出づるも枯るるも同じ野辺の草いづれか秋にあはではつべき　――祇王

春に芽をふく草も、枯れていく草も、もともと同じ野辺に生いたつ草で、いずれは秋にあって枯れ凋《しぼ》むものです。

これは『平家物語』の登場人物である白拍子の祇王（二一歳）が平清盛に捨てられた時に詠んだ歌。白拍子とは平安時代末期におこり鎌倉時代にかけて盛行した歌舞、およびその歌舞を業《なりわい》とする舞女のこと。最高権力者の清盛が、祇王を愛人にしたことで、妹の祇女や母の刀自も丁重に扱われた。あるとき、仏御前《ほとけごぜん》という一六歳の白拍子が都にやってきて評判になった。仏御前は清盛の邸《やしき》に押しかけて不興を買ったが、祇王のとりなしで今様《いまよう》（流行歌謡）と舞を披露することができた。その後、清盛は仏御前に心を奪われて、祇王を追放してしまう。

祇王一家の生活は苦しくなり、祇王は絶望して出家する。

ある秋の夜、尼姿となった仏御前が、突然、祇王一家を訪れた。彼女もまた現世の無常を感じて、清盛のもとを逃れてきたという。
仏御前は祇王に許しを請いにきたわけだ。
いいことばかりは続かない。
若くして成功しても早死にすることもある。
交通事故で死んだ人は、その日の朝、自分が今日死ぬことはわからない。
なお、祇王寺の庭の苔はすばらしい。
私が何度も訪れた苔スポットである。

常寂光寺《じょうじゃっこうじ》

【住所】京都市右京区嵯峨小倉山小倉町三
【最寄り】ＪＲ「嵯峨嵐山」駅より徒歩一五分

常寂光寺《じょうじゃっこうじ》は、究竟院日禛《くきょういんにっしん》上人が小倉山のこの地に角倉家から寄進を受けて創建。本尊は十界大曼荼羅《じっかいだいまんだら》。寺名は、この地が常寂光土の感じがあったからと伝わる。藤原定家《さだいえ》が百人一首を編んだ時雨亭《しぐれてい》はこのあたりにあったといわれる。加藤清正《かとうきよまさ》、小早川秀秋《こばやかわひであき》など多くの人が帰依した。

定家の山荘跡といわれる場所はいくつかあるが、常寂光寺はその一つ。定家が小倉山で百人一首を選定したことから、「小倉百人一首」と呼ばれるようになった。境内にある石碑には「藤原定家山荘趾」「小倉百人一首編纂之地」と刻まれている。貞信《ていしん》公（藤原忠平《ただひら》）の歌碑もある。

小倉山峯のもみじ葉こころあらば
いまひとたびの御幸またなん

小倉山の峰の紅葉よ。心があるならば、もう一度（帝の）行幸があるまで、散らずに待っていてくれないか。

「和歌は、やはり面白い」と兼好は言う。獰猛な猪でも、「ふす猪《い》の床《とこ》」と詠めば、優美になる。最近の歌は、一か所はうまく表現できてはいるが、古い歌のように言外に余韻を漂わせている感じがするものはない。

兼好はこう述べた上で、紀貫之の歌を例に出す。

糸による物ならなくに別れ路の

心細くもおもほゆるかな

糸として撚《よ》ることのできるものではなく、撚れずに離れていくようなもので、別れ路は心細いものよ。

兼好は「これは古今集の中で最低の作品と言い伝えられているが、それでも現代の歌人が詠めるような品格ではない」と擁護した後でこう述べる。

歌の道のみ、いにしへに変らぬなどいふこともあれど、いさや、今も詠みあへる同じ詞《ことば》・歌枕も、昔の人の詠めるはさらに同じものにあらず、やすくすなほにして、姿もきよげに、あはれも深く見ゆ。（『徒然草』）

歌の道だけは今も昔も変わらないということもあるが、さあどうだろうか。同じ歌語や歌枕でも、昔の人の詠んだものは、決して今の時代と同列のものではない。昔のものは、平明で自然であり、上品で、感動も深い。

兼好は平安時代のものは、俗謡でも感動的なものが多く、昔の人は、ただ言い捨てたような言葉でも、皆、素晴らしく聞こえるという。歌は時代が生み出したものである。ドイツの詩人、劇作家、小説家、自然科学者、政治家、法律家のヨハン・ヴォルフガング・フォン・ゲーテは言う。

私たちは、古代ギリシャの悲劇に驚歎する。けれども、よくよく考えてみれば、ここの作者よりも、むしろ、その作品を可能ならしめたあの時代と国民に驚歎すべきなのだ。（エッカーマン『ゲーテとの対話』）

大覚寺《だいかくじ》

【住所】京都市右京区嵯峨大沢町四
【最寄り】ＪＲ「嵯峨嵐山」駅より徒歩一六分

真言宗大覚寺《だいかくじ》派の大本山。嵯峨御所《さがごしよ》とも呼ばれる。本尊は五大明王。貞観一八（八七六）年、恒寂《ごうじやく》法親王が開創、歴代天皇の尊信を受け、皇子が入山した。亀山・後宇多《ごうだ》とその皇統に属する上皇や皇子が住持《じゆうじ》となったことから、この系統を大覚寺統と称した。桃山時代の書院造の代表とされる客殿（正寝殿《しようしんでん》）、後水尾《ごみずのお》天皇寄進と伝わる宸殿《しんでん》（江戸初期）等があり、狩野山楽《かのうさんらく》の「牡丹図《ぼたんず》」をはじめ、狩野派の手による襖《ふすま》絵《え》が多い。

大覚寺殿にて、近習の人ども、なぞなぞを作りて解かれける処へ、医師忠守参りたりけるに、侍従大納言公明卿、「我が朝《てう》の者とも見えぬ忠守かな」と、なぞ

なぞにせられにけるを、「唐瓶子」と解ときて笑ひ合はれければ、腹立たちて罷《まか》り出でにけり。（『徒然草』）

後宇多法皇の御所で、法皇側近の者たちが、なぞなぞを作って解いていた処に、典薬頭忠守が参ったところ、侍従大納言公明卿（三条公明《さんじょうきんあきら》）が、「わが国のものとも見えない忠守だなぁ」となぞなぞにしたのを、「唐瓶子（中国風の徳利）」と解いて笑いあったので、典薬頭忠守は（『平家物語』で平忠盛《ただもり》が伊勢平氏であることをからかわれていることに事寄せて自分が渡来人であることをからかわれているとわかったので）腹が立って退出してしまった。

なぞなぞ遊びで、忠守はからかわれたわけだが、いじわるをする側もそれをいじわるであると気づく側も、その背後に深い教養がある。

大覚寺の東側には大沢池《おおさわのいけ》がある。周囲約一キロメートルの日本最古の人工の林泉（林や泉水などのある庭園）で、嵯峨天皇が離宮の嵯峨院の造営にあたって、中国湖南《こなん》省《しょう》の洞庭湖《どうていこ》を模して造ったことから、庭湖とも呼ばれる。
紀友則《とものり》はこう詠った。

ひともとと思ひし菊を大沢の
池の底にはたれか植ゑけむ

堤に咲いている菊の花は一本だと思って近づくと、池にその菊が映っていた。大沢の池の底にも誰かが菊を植えたのだろうか。

大沢池には人工滝の跡もある。『今昔物語集』は、百済川成《くだらのかわなり》が作ったものと伝える。

今は昔、百済川成と云ふ絵師有けり。世に並無き者にて有ける。滝殿の石も此の川成が立たる也けり。同き御堂の壁の絵も、此の川成が書たる也。

藤原公任《きんとう》はこの枯れ滝を見て歌を詠んだ。

滝の音は絶えて久しくなりぬれど
名こそ流れてなほ聞こえけれ

滝の流れる水音は、聞こえなくなってから久しいが、その名声は流れ伝わって、今でも人々の口から聞えてくる。

清涼寺《せいりょうじ》

【住所】京都市右京区嵯峨釈迦堂藤ノ木町四六
【最寄り】JR「嵯峨嵐山」駅より徒歩一五分

浄土宗の寺。この地には嵯峨天皇の皇子で、『源氏物語』の主人公である光源氏のモデルとされる源融の山荘棲霞観があったが、融の一周忌に当たる寛平《かんぴょう》八（八九六）年、融が生前に造立発願して果たせなかった阿弥陀三尊像を子息が造り、これを安置した阿弥陀堂を棲霞寺と号した。永延《えいえん》元（九八七）年に奝然《ちょうねん》が招来した「釈迦如来立像」を安置するため、盛算《せいさん》が釈迦堂を建立、五台山《ごだいさん》清涼寺と号した。

御堂のさま、おもしろくいはむかたなく、紅葉の蔭分けゆく野辺のほどよりはじめて、見物なるに、かたへは、きほひ集りたまふなるべし。

霜枯れわたれる野原のままに、馬車の行きちがふ音しげく響きたり。御誦経われもわれもと、御方々いかめしくせさせたまふ。（『源氏物語』「若菜 上」）

御堂のあたりの嵯峨野の秋のながめの美しさに半分は心が惹《ひ》かれて集まった人なのであろうが、その日は霜枯れの野原を通る馬や車を無数に見ることができた。

『源氏物語』に登場する「嵯峨野の御堂」は棲霞寺と一致する。「松風」の帖にある「造らせたまふ御堂は、大覚寺の南にあたりて、滝殿の心ばへなど、劣らずおもしろき寺なり」の部分は、位置関係も符合する。

清凉寺の境内には融の墓もある。

すぐ近くには「嵯峨豆腐森嘉《もりか》」という豆腐屋がある。創業は安政《あんせい》年間（一八五四〜一八六〇年）で、一五〇〇年以上の歴史を持つ。川端康成《かわばたやすなり》が小説『古都』でここの豆腐をとりあげ有名になった。凝固剤に「ニガリ」を使わず、「すまし粉（硫酸カルシウム）」を使っているとのこと。
ここの豆腐はおいしい。私も何度か買って東京まで持ち帰ったことがある。清凉寺の境内にある「竹仙《ちくせん》」は「ゆどうふ」に森嘉の豆腐を使っている。少し高いがかなりおいしかった。森嘉の向かい側にある「嵯峨おきな」も、昼には豆腐を出している。この周辺では、森嘉の豆腐を使っているところが多い。

余談だが、大学生の頃、知り合いのフォークデュオの関西ツアーについていったことがある。京都には一週間ほど滞在し「拾得《じっとく》」などで演奏した。貧乏ツアーでカネがないので、京都大学の吉田寮に泊まっていたが、同じ部屋に東京からスクーターに乗って夜逃げしてきたと思われるおじさんがいた。古書にくわしいインテリだった。私はそのおじさんと仲良くなった。吉田寮の近くにおいしい豆腐屋があった。ライブがあるのは夜なので、日中はすることがない。それで豆腐を買いに行き、みんなで毎日酒を飲んでいた。そのおじさんは毎晩うなされていた。借金取りの夢でも見ているのだろうと、われわれは思った。

その後、大阪や神戸などを転々としながらライブを行ない、最後は岡山についた。

岡山では現地で演劇集団を主催している枚方さんの家に泊めさせてもらった。その演劇集団のメンバーの中に大林さんという人がいて、私は気が合い、いろいろ話をした。

その数年後、いきなり大林さんから電話がかかってきた。「収君さあ、今度東京に行く用事ができたんだけど、いらないエロビデオがあると言っていたよね」。要するに、五〇を超えたオッサンが大学生にエロビデオをねだってきたわけだ。

それで新宿《しんじゅく》で会うことになった。いろいろ話すこともあったので、当時、新宿駅の南口にあった「談話室滝沢」に入ると、大林さんの顔色が変わった。「コーヒー一〇〇〇円って高すぎるよお」「これは異常だよお」「ぼったくりだよお」。いちいちうるさいので、店を出て、安そうな喫茶店を探して入り、エロビデオが一〇本くらい入った紙の手提げ袋を渡した。

大林さんが言う。「収君さあ、この前、カンボジアに行ってきたんでしょ。どうだった」。

私はトゥールスレンの虐殺現場やアンコールワットに行った時の話などをした。プノンペンではカンボジア陸軍の射撃訓練にも参加した。外国人観光客相手のブローカーに「マシンガンを撃ちたい」と言うと、私をバイクの後ろに乗せ、陸軍の演習場に連れて行ってくれた。

賄賂も含めて一〇〇ドル（現地だとかなりの金額）を払い、マシンガンと弾を受け取った。それまで私は、ピストルしか撃ったことがなかったので、すごい衝撃を感じた。マシンガンの反動を体全体で受け止めなければならない。宿に戻り、シャワーを浴びるため裸になると、右胸のあたりに銃底の形の赤いアザができていた。まるでアイロンを押し付けたようだった。

私の話を聞いていた大林さんがいきなり声を荒らげた。「ダメだよお。あれは人を殺すための道具だよお」「マシンガンなんてとんでもないよお」「オレは戦争反対だよお」。いちいちめんどくさい。最後まで「戦争があ」と騒いでいたが、エロビデオの入った紙の手提げ袋を大事そうに抱えながら帰っていったので、いまいち説得力がなかった。余談にも程があるが。

化野念仏寺《あだしのねんぶつじ》

【住所】京都市右京区嵯峨鳥居本化野町一七
【最寄り】ＪＲ「嵯峨嵐山」駅より徒歩三〇分

浄土宗の寺。華西山東漸院《かさいざんとうぜんいん》と号し、化野念仏寺《あだしのねんぶつじ》という。本尊は阿弥陀如来。空海の開創で、五智山如来寺といった。法然が延暦寺の弾圧から逃れ愛宕山《あたごやま》の月輪寺《つきのわでら》に籠った頃、当地に念仏の道場を開き、ここに多くの念仏衆が集まったので念仏寺と改められた。

あだし野の露消ゆる時なく、鳥部山《とりべやま》の煙立ち去らでのみ住み果つる習ひならば、いかにもののあはれもなからむ。世は、定めなきこそいみじけれ。（『徒然草』）

もし、化野の草露が散らず、鳥部山の火葬の煙も消えず、そして我々も永久にこの世に生き続ける習わしであるならば、情趣というものが、どんなに失せてしまうであろうか。この世は不定であるからこそ価値があるのである。

化野は古来、風葬の地だった。鳥部山には火葬場があった。古語「あだし」には、「はかない」「むなしい」といった意味がある。兼好はその「はかなさ」を尊んだ。

兼好はこうも言う。

若きにもよらず、強きにもよらず、思ひかけぬは死期なり。今日まで逃れ来にけるは、ありがたき不思議なり。しばしも世をのどかに思ひなんや。（『徒然草』）

若かろうと強かろうと、予測できないのは死ぬ時である。今日まで死なずに逃れてきたのは滅多《めった》にない奇跡なのだ。ほんの少しの間でもこの世をのんびりと考えていられようか。

化野念仏寺のあたりを歩いていると、どうしても死について考えてしまう。

そこには、観光気分で写真を撮ってはいけないような空気が流れている。

兼好は「鳥辺野や舟岡《ふなおか》、それ以外の野山にも、葬送する数が多い日はあっても、まったくない日はない」と言う。

武士が戦《いくさ》に出る際は、死が近いことを知っているから、自分の家も自分自身のことも忘れる。

それでは隠遁者はどうか？

俗世間から離れた草庵で、心静かに泉水や庭石を愛《め》でて、自分だけが死の到来から遠く離れているという気になっているとしたら、はかない。静かな山奥でも、無常という敵が襲来しないでであろうか。草庵にいても死に直面しているのは、敵陣に進んでいくのと同じであると。

なお、化野念仏寺に多数の石仏が置かれるようになったのは、明治になってから。周辺に散乱していた石仏を寺が地元の人々とともに集め、あらためて供養した。

藤原基俊《もととし》は、化野の秋の風情を、男心に重ねて詠んだ。

あだし野の心も知らぬ秋風に
あはれかたよる女郎花かな

あだし野に咲く女郎花《おみなえし》よ、秋風《あきかぜ》に傾くお前の様子は、男の心には飽《あき》風が吹いているのだが、それを知らないのは哀れではないか。

松尾大社《まつおたいしゃ》

【住所】京都市西京区嵐山宮町三
【最寄り】阪急電車「松尾大社」駅すぐ

酒造の神として信仰されている。祭神は大山咋神《おおやまくいのかみ》、中津島姫命《なかつしまひめのみこと》（市杵《いちき》島姫命《しまひめ》）の二柱。上代に松尾《まつお》山に祀られ、大宝《たいほう》元（七〇一）年、秦忌寸《はたのいみき》都理《とり》がふもとの現在地に社殿を建てて移し、同氏の氏神にしたと伝えられる。平安京の鎮護の神とされ、東の厳神《げんしん》といわれた賀茂神社に対し西の猛霊《もうれい》と称される。日本の神像では最古に属する古神像がある。

神は松の尾。八幡《やはた》、この国の帝《みかど》にておはしましけむこそ、めでたけれ。行幸《ぎやうがう》などに、水葱《なぎ》の花の御輿にたてまつるなど、いとめでたし。大原野。春日、いとめでたくおはします。平野は、いたづら屋のありしを、（清少）「なにする所ぞ」

と問ひしに、「御輿宿り」と言ひしも、いとめでたし。斎垣《いがき》に蔦《つた》などのいと多くかかりて　紅葉の色々ありしも、「秋にはあへず」と、貫之が歌、思ひいでられて、つくづくと久しうこそ立てられしか。みこもりの神、またをかし。賀茂、さらなり。稲荷。（『枕草子』）

神は松の尾。八幡、この日本の国の帝でいらしたというのが、すばらしい。御参詣の行幸などに、帝が水葱の花の御輿にお召しになるなど、とてもすばらしい。大原野。春日、とてもすばらしくていらっしゃる。平野は、使ってない空き屋があったので、（清少）「なにをする所か」と聞いたところ、「御輿のおとまりになる所」と言ったのも、とてもすばらしい。神垣に蔦などがいっぱいはいかかって、いろんな色にもみじしていたのも、「秋にはあへず」という貫之の歌が思い出されて、そこにいつまでも長い間、車を止めていたことだった。みこもりの神、これまた、おもしろい。賀茂、言うまでもない。稲荷。

松尾大社《まつおたいしゃ》の境内には、神輿庫があり、全国の酒造会社から奉納された菰樽《こもだる》が並んでいる。

私が普段飲んでいる酒もあったし、どうでもいいような大手メーカーの酒もある。毎年一一月の酒の仕込み始めの頃に行なわれる「上卯祭《じょううさい》」と、四月の酒の仕上がりの頃に行なわれる「中酉祭《ちゅうゆうさい》」には、全国各地の酒造から酒がこぞって奉納される。

京都旅行の楽しみの半分は酒にある。若い頃はなけなしのカネをはたいて、いろいろな料理屋に行った。

あるとき、急に京都に行く用事ができたので、私が好きな料理屋に電話をかけたが予約で満席だったので、代わりの店を紹介してもらった。

「うちで以前預かっていた奴で、少し癖がありますよ」と言われたが、癖がありすぎた。

雑居ビルの一階にある店には看板もないし、ドアに店名も書いていない。入り口にはビニールで作ったオブジェが貼り付けてあった。店主は三〇代後半だろうか。分厚い眼鏡をかけていて怪しげな感じ。先客は女性が二人、男性が二人。それに私を加えて客は計五人。

スープの類が異常に多い。途中でメイン料理は何かと聞くと「クマの親子です」と。冗談かと思っていたら、本当にクマの親子だった。料理が出終わるまでの時間も異常に長く四時間くらい。

最後、会計をすると、おつりが岩倉具視《いわくらともみ》の五〇〇円札で出てきた。くだらない。迷惑。そのまま黙って財布にしまうと、「せっかく用意したのにぃ、反応ないのはつまんないなあい」と。黙れ。

翌年にもその店に行った。

途中で「最初のとは違う冷酒をお願いします」と頼むと、店主は冷蔵庫から一升瓶を取り出し、それを見つめながら、「うーん、これかなあ」とブツブツ言いながら、グラスに注ぎ、味見をしている。違ったみたいで別の酒を取り出して試飲。それも違ったみたいで、カウンターの中で延々と一人で酒を飲み続けている。

なんでもいいから早く出せと思っていると、「やっぱりこれだな」と言いながら最初の酒を出してきた。

こんなこともあった。鰺《あじ》を塩麹《しおこうじ》でつけたツマミが出てきた。おいしかったので「もう少しください」と言うと、「えっ、おいしい。金目鯛を塩麹でつけたのもあるんですよ」と冷蔵庫から瓶を出してきた。その後、アワビを塩麹でつけたものが出てきて、結局、鰺は出てこなかった。しかも、その間、三〇分くらい酒も出てこない。

三回目に行ったときは、終了までの時間が三時間くらいに短縮されていて、最初のときのような狂気は薄れていたが短気な人は行かないほうがいいと思う。

しばらくしてその店を紹介してもらった料理屋に行き、主人にこの話をすると、「あいつ、鰺がおいしいと言われて舞い上がっちゃったんですよ。すぐに舞い上がりますから」と。「舞い上がる料理屋」というフレーズはなかなかいい。

大原野神社《おおはらのじんじゃ》

【住所】京都市西京区大原野南春日町一一五二
【最寄り】阪急電車「桂」駅より市バス「南春日町」下車、徒歩八分

建御賀豆智命《たけみかずちのみこと》、伊波比主命《いわいぬしのみこと》、天之子八根命《あめのこやねのみこと》、比咩大神《ひめのおおかみ》を祀る。桓武天皇は延暦三（七八四）年、平城京より長岡《ながおか》京に遷都するとともに、春日大社の祭神を現社地に鎮祭したが、さらに長岡京より平安京に遷都後、藤原冬嗣《ふゆつぐ》の奏請により嘉祥《かしょう》三（八五〇）年に改めて現社地に勧請《かんじょう》した。その後、藤原氏の氏神として春日大社同様に厚く尊崇された。社名は「大原野《おおはらの》」の地名に由来。中世には社頭もさびれたが、江戸初期に後水尾天皇が社殿を再興した。

かうて、野におはしまし着きて、御輿とどめ、上達部の平張にもの参り、御装

束ども、直衣、狩のよそひなどに改めたまふほどに、六条院より、御酒、御くだものなどたてまつらせたまへり。今日仕うまつりたまふべく、かねて御けしきありけれど、御物忌のよしを奏せさせたまへりけるなりけり。蔵人の左衛門尉《さえもんのじやう》を御使にて、雉一枝たてまつらせたまふ。（『源氏物語』「行幸」）

大原野で鳳輦《ほうれん》が止《とど》められ、高官たちは天幕の中で食事をしたり、正装を直衣《のうし》や狩衣に改めたりしているころに、六条院の大臣（源氏）から酒や菓子の献上品が届いた。源氏にも供奉《ぐぶ》することを前に仰せられたのであるが、謹慎日であることによって御辞退をしたのである。蔵人《くろうど》の左衛門尉を御使《みつかい》にして、木の枝に付けた雉子《きじ》を一羽源氏へ下された。

さらに帝は、こんな歌を詠んで贈られた。

雪深き小塩山にたつ雉子の

古き跡をも今日は尋ねよ

　雪深い小塩山《おしおやま》に雉が飛び立つが、古事にならって今日はこちらへ参ればよかったのに。

光源氏は帝のお心遣いに恐縮し、歌を返した。

小塩山みゆき積もれる松原に
今日ばかりなる跡やなからむ

　深雪《みゆき》が積もる小塩山の松原に昔も行幸《みゆき》はありましたが、今日ほどの盛儀はなかったでしょう。

なお、寛弘《かんこう》二（一〇〇五）年、中宮彰子は大原野を行啓《ぎょうけい》、紫式部も従っている。小塩山のふもと周辺の大原野は鷹狩りの名所でもある。『源氏物語』では冷泉帝《れいぜい》が鷹狩りに訪れる。

大原野神社のあたりは花の名所として知られ、ハイキングコースにもなっている。大原野神社の背後にある小塩山は、往時は岩塩を産したと伝えられる。

在原業平は、かつての恋人藤原高子（二条后《にじようのきさき》）が大原野神社へ参詣したとき、思いを伝えようと塩焼きをした。その塩釜跡もある。なお、大原野神社の近くには業平ゆかりの寺である十輪寺《じゆうりんじ》がある。通称は「業平寺」、樹齢約二〇〇年の、なりひら桜（枝垂れ桜）でも知られる。

余談だが、花の名前がわからないやつは多い。木の名前を知らないやつも多い。私もよく間違えるので、人のことは言えないが、花や木の名前を知らないやつはやはりだめだと思う。

清少納言は風情ある野の草花として、撫子《なでしこ》、女郎花、桔梗《ききよう》、朝顔、刈萱《かるかや》、菊、壺すみれなどを挙げた。

海外で現地人ガイドに植物について質問すると、正確に答えてくれることが多い。

これは単にガイドという職業だからではないような気がする。仮に日本人ガイドが外国人観光客から植物について質問を受けても、あまり正確には答えられないのではないか。あくまで個人的経験に基づく推測でしかないが、ヨーロッパでは日本に比べて植物が重視されていると思う。

スペインのアルハンブラ宮殿の広大な庭を散策したとき、現地ガイド（七〇代後半の白人のおじいさん）に、花や木の名前を聞いたら、ほとんどすべて正確に（しかも日本語で）答えてくれた。

第四章

洛外へ行く

伏見稲荷大社《ふしみいなりたいしゃ》

【住所】京都市伏見区深草薮之内町六八
【最寄り】JR「稲荷」駅すぐ

全国三万あまりの稲荷神社の総本社。創建は和銅四（七一一）年。祭神は宇迦之御魂大神《うかのみたまおおかみ》（下社）、佐田彦大神《さたひこのおおかみ》（中社）、大宮能売大神《おおみやのめのおおかみ》（上社）の三柱に、明応《めいおう》八（一四九九）年に本殿に合祀《ごうし》された田中大神《たなかのおおかみ》、四大神《しのおおかみ》を加えて稲荷五社大明神《いなりごしゃだいみようじん》と称す。稲荷は稲生《いねなり》の意で、もとは農耕神であったが、平安時代に空海が東寺を造営した折、その鎮守神とされてからは広く朝野の尊崇を集め、殖産興業神、商業神、屋敷神へと拡大していった。永享《えいきよう》一〇（一四三八）年、足利義教《よしのり》の命により現在地に移遷。応仁の乱により焼失。明《めい》応《おう》八（一四九九）年、本殿が再興され、天正《てんしよう》一七（一五八九）年に豊臣秀吉《とよとみひでよし》が修理・改築を手がけた。

稲荷に思ひおこして詣でたるに、中の御社《みやしろ》のほどの、わりなう苦しきを念じ登るに、いささか苦しげもなく、遅れて来と見る者どもの、ただ行きに先に立ちて詣づる、いとめでたし。二月午《むま》の日の暁に急ぎしかど、坂のなからばかり歩みしかば、巳の時ばかりになりにけり。やうやう暑くさへなりて、まことにわびしくて、など、かからでよき日もあらむものを、なにしに詣でつらむとまで、涙も落ちて、休み極ずるに、四十余ばかりなる女の、壺装束などにはあらで、ただひきはこえたるが、（女）「まろは、七度詣でしはべるぞ。三度は詣でぬ。いま四度はことにもあらず。まだ未《ひつじ》に下向しぬべし」と、道にあひたる人にうち言ひて、下り行きしこそ、ただなる所には目にもとまるまじきに、これが身にただ今ならばやと、おぼえしか。（『枕草子』）

稲荷神社に、一大決心をしておまいりしたところ、こちらは、中のお社の辺でたいそうつらいのを我慢して登っているのに、すこしも苦しそうなふうもなく、後から来た連中が、さっさと追い越しておまいりするのは、いかにも颯爽《さっそう》たるものだ。二月の午の日の明け方に早々と家を出たけれども、坂の半分ほどを登ったところで、もう十時ごろになってしまった。だんだん暑くさえなって来て、心底から情けなく、どうしてまた、こんな日でなくほかによい日もあろうに、なんでおまいりになんか来たのだろうとまで、情けなさに涙もこぼれる始末で、疲れきって休んでいると、四十を過ぎたほどの年輩の女で、壺装束といったちゃんとした徒歩の外出姿ではなく、ただ腰のところで着物をたくし上げただけの恰好のが、(女)「あたしは七度詣でをするんです。もう三度はおまいりしました。あと四度ぐらい、なんでもありません。二時ごろにはもう家に帰ります」と、途中で会った人にしゃべって、坂をおりて行ったのは、普通の所なら目にもとまらないような女だが、その時は、この人に今すぐなりかわりたいものだと思われたことだった。

JR奈良線の稲荷《いなり》駅は京都駅からわずか一〇分、駅の目の前に伏見稲荷大社《ふしみいなりたいしゃ》はある。京阪本線の伏見稲荷駅からも歩いて五分ほど。境内は広く、稲荷大神が鎮座した稲荷山全体が信仰の対象となっている。標高約二三三メートルの稲荷山は一周約四キロメートルで二時間ほどかかる。この稲荷山をまわることを「お山めぐり」という。

有名な朱塗りの千本鳥居は、人がくぐれるものだけでも推定五〇〇〇基以上立つ。そのトンネルのような道を歩いていくと、鳥居を奉納した人や企業の名前と日付が記されている。鳥居は江戸時代以降、奉納されてきたものだが、目につくのは新しいものばかりである。平成のものが多く、昭和のものすら見かけない。

自宅に戻ってから調べてみると、腐食が進んだものは撤去されているとのこと。

ちなみに、いなり寿司はキツネが稲荷神社の使い姫であるという伝説が語源。天保《てんぽう》（一八三〇～一八四四）の頃に名古屋で創作され、江戸に伝来したものである。

日野山《ひのやま》

【住所】京都市伏見区日野南山
【最寄り】市営地下鉄「石田」駅より徒歩三〇分

日野《ひの》は京都市伏見区《ふしみ》の東部、山科《やましな》盆地南部の地域。永承《えいしょう》六（一〇五一）年に日野資業《すけなり》が建立した法界寺《ほうかいじ》があり、日野薬師と呼ばれる。背後の山地に「長明方丈石」と書かれた石碑があり、鴨長明《かものちょうめい》が晩年に隠棲して『方丈記』を執筆した地といわれる。『方丈記』の書名は長明が晩年に居住した日野の方丈（一丈四方、すなわち約三・三メートル四方）の草庵にちなんだもの。

いま、日野山の奥に、跡をかくしてのち、東に三尺余りの庇《ひさし》をさして、柴折りくぶるよすがとす。南に竹の簀子《すのこ》を敷き、その西に閼伽棚《あかだな》を作り、北に寄せて、障子を隔てて、阿弥陀の絵像を安置し、そばに普賢をかけ、前に法華経を置けり。

東のきはに蕨《わらび》のほどろを敷きて、夜の床とす。西南に竹の吊棚《つりだな》を構へて、黒き皮籠三合を置けり。すなはち、和歌・管絃・往生要集ごときの抄物を入れたり。かたはらに、琴・琵琶おのおの一張を立つ。いはゆる、をり琴・つぎ琵琶これなり。仮の庵のありやう、かくのごとし。(『方丈記』)

現在、日野山の奥に俗世間から離れて住んでいる。以来、この家の東側に小屋根を三尺（約一メートル）あまり差し出して、その下で木の枝を折りくべて炊事する場所にした。南側には竹の縁側を設け、その西の端に仏前に供える水・花を置く閼伽棚を作った。部屋の中は、その西側を北へ奥まったところに、衝立で仕切って阿弥陀の絵像を安置した。阿弥陀像のそばに普賢菩薩の絵像を掛けて、その前の経机には法華経を載せてある。部屋の東の端には、伸びてほうけた蕨の穂を布団代わりに敷いて寝床とした。南西には竹の吊り棚を作って、黒い皮を張った竹編みの箱を三つ置いた。つまり、和歌に関する書、音楽に関する書、および『往生要集』のような仏書からの三種の抜き書きを、それぞれ三つの皮籠に入れてある。そのそばには、携帯に便利な折り畳み式の琴と組み立て式の琵琶、それぞれ一張ずつを立てかけた。いわゆる折り琴・継ぎ琵琶と呼ばれるのがこれだ。仮住まいの小家のありさまは、以上のようなものだった。

地方移住に関心を持つ人が増えているという。私の知り合いも何人か地方に行った。心が折れて、都会を離れ、自然が豊かなところに隠遁する芸能人もここのところ何人か話題になった。若い頃は酒に逃げることができても、歳をとるとあまり飲めなくなる。愛人を囲う程度のカネも甲斐性《かいしょう》もなかったりする。ギャンブルも一時の気晴らしにしかならない。そうなると、とにかく逃げ出したいという気持ちになるのはわかる。長明は、田舎暮らしは楽ではないと言った。田舎道を歩くのは不便だし、人里離れた場所には強盗が入る。しかし何も持たないなら強盗に入られることもないと考え、あらゆる執着を捨て、三〇歳のときに庵を構えた。五〇歳で出家、六〇歳で日野山で庵を結び『方丈記』を書いた。

長明にとって、そこは安息を与えられた地だった。
しかし、最後に世俗から解放された安息に執着する自分を否定する。

仏の教へ給ふおもむきは、ことにふれて執心なかれとなり。今草庵を愛するもとがとす。閑寂に着するも障りなるべし。いかが要なきたのしみをのべて、あたら時を過さむ。

仏の説かれた教えの趣旨は、何事においても執着心を持ってはならない、ということに尽きる。そうすると、今、この仮住まいの小家を愛するのも罪となる。独り静かな生活に執着するのも、極楽往生の妨げになるはずだ。どうして、役にも立たない楽しみを述べ立てて、もったいなくも、残り少ない時間を無駄に過ごしてよいものか。もうおしゃべりは止めた。

結局、世の中はどうにもならない。逃げ場所などない。

宇治橋《うじばし》

【住所】京都府宇治市宇治東内
【最寄り】ＪＲ「宇治」駅より徒歩一〇分

京都府宇治《うじ》市を流れる宇治川《うじがわ》に架かる橋。流路の変化などにより架設位置は変化しているが、七世紀中葉に架橋されたのが最初。『日本書紀』にも登場する。大化《たいか》二（六四六）年に道登《どうとう》・道昭《どうしょう》（道照）が共同で架橋したとする説が有力で、宇治川はしばしば氾濫し、橋は流失、再構を繰り返した。宇治川を挟んでの合戦の際には橋板を引き落として渡河《とか》を妨げた。これは『平家物語』『承久記《じょうきゅうき》』『太平記《たいへいき》』などに登場する話。『古今和歌集』以降、多くの歌に詠まれ、歌枕としても知られた。

宇治橋の近くには京阪宇治線の宇治駅、ＪＲ奈良線の宇治駅がある。私はＪＲ奈良線で行ったので、宇治橋まで一〇分くらい歩いた。宇治川を見ると、急に現世から平安の時代に引き戻されたような気分になる。それほど川の周辺は現世的なものに汚染されていない。

『源氏物語』五四帖の中で、最後の一〇帖の舞台となったのが宇治である。宇治は貴族の別業(別荘)の地だった。宇治川は登場人物の浮舟《うきふね》が身投げしたところでもある。

かしこには、人びと、おはせぬを求め騒げど、かひなし。物語の姫君の、人に盗まれたらむ明日のやうなれば、詳しくも言ひ続けず。京より、ありし使の帰らずなりにしかば、おぼつかなしとて、また人おこせたり。

「まだ、鶏の鳴くになむ、出だし立てさせたまへる」

と使の言ふに、いかに聞こえむと、乳母よりはじめて、あわて惑ふこと限りなし。思ひやる方なくて、ただ騒ぎ合へるを、かの心知れるどちなむ、いみじくものを思ひたまへりしさまを思ひ出づるに、「身を投げたまへるか」とは思ひ寄りける。

(『源氏物語』「蜻蛉」)

宇治の山荘では浮舟の姫君の姿のなくなったことに驚き、いろいろと捜し求めるのに努めたが、何のかいもなかった。小説の中の姫君が人に盗まれた翌朝のようであって、このいたましい騒ぎはくわしく書くことができない。
京からの前日の使いが泊まって帰らなかったため、母夫人は不安がってまた次の使いをよこした。まだ鶏の鳴いているころに出立たせたと言っている使いにどうこの始末を書いて帰したものであろうと、乳母《めのと》をはじめとして女房たちは頭を混乱させていた。何のわけでどうなったかと推理していくことができずに、ただ騒いでいる時、浮舟の秘密に関与していた右近《うこん》と侍従だけには最近の姫君の悲しみよう、煩悶《はんもん》のしようの並み並みでなかったことから、川へ身を投げたという想像がつくのであった。

薫《かおる》は、表向きは光源氏の次男（柏木《かしわぎ》の長男である可能性が高い）であり、匂宮《におうのみや》は光源氏の孫。二人の貴公子との三角関係に悩む浮舟は宇治川に身を投げた。

絶え間のみ世にはあやふき宇治橋を
朽ちせぬものとなほたのめとや　――浮舟

宇治橋は、日本三古橋の一つに数えられている。周辺には『源氏物語』ゆかりのモニュメントが多い。

隙間だらけの危うい宇治橋を朽ちないから頼みにしなさいと言われますか。

洪水や戦乱で何度も失われた橋を自分の恋に重ねたわけだ。

宇治上神社《うじがみじんじゃ》・宇治神社《うじじんじゃ》

【住所】京都府宇治市宇治山田
【最寄り】ＪＲ「宇治」駅より徒歩二〇分

宇治上神社《うじがみ》と宇治神社は対をなす。祭神は応神《おうじん》天皇、菟道稚郎子《うじのわきいらつこ》、仁徳《にんとく》天皇。『延喜式《えんぎしき》』に「宇治神社二座」とあり、その一座である「上社《かみのやしろ》」に比定され、それが社名の由来となっている。「下社《しものやしろ》」は宇治市宇治又振《またぶり》に鎮座する若宮（離宮八幡、現在の宇治神社）で、明治一六（一八八三）年に分社された。本殿は平安後期の造営とされ、現存する最古の流造《ながれづくり》の神社建築。

さむしろに衣片敷き今宵もや
われを我を待つらん宇治の橋姫　――よみ人しらず

むしろに自分の衣だけを敷いて、今宵も私を待っているのだろうか、宇治の橋姫は。

菟道稚郎子は、父である応神天皇の没後、兄の仁徳天皇と皇位を譲り合い、この地に隠棲したが、決着がつかないので、自殺して位を兄のものにした。宇治神社はその霊を祀る。ちなみに若い生涯を閉じた菟道稚郎子がこの地に祀られたのは、宇治橋がかかる前である。

随筆家の松本章男《まつもとあきお》はこう説明する。

古今集よみ人しらずの「さむしろに衣片敷き今宵もやわれを我を待つらん宇治の橋姫」が歌心をそそったということもあり、八代集時代、橋姫に一首を呈していない歌人はないといってよいほどである。これは室町時代の一首だが、橋姫はなおこんなふうに詠まれていた。

宇治はむかし都の女性が好んで赴く保養地だった。都の中心から木幡路をとって宇治橋までが十八キロほど。これは男が徒歩で女を送って日帰りできるぎりぎりの距離で、宇治橋は相愛の男女が袖を振り合って分かれる、都と他国との結界でもあった。歌人たちは、冬の橋板に独り寝をして男神の夜通いを待ったという橋の守護神・瀬織津姫に仮託して、宇治の恋人を、他国にいるので会えない女性を、わが歌のなかに偲ぼうとした。（『京都うたごよみ』）

定家も独り寝のさみしさを詠んでいる。

さむしろや待つ夜の秋の風ふけて
月を敷く宇治の橋姫

　むしろを敷いて愛しい人を待つが、その人は来ない。そして夜が更けてゆくことを秋の風が告げる。月の光のもと、寂しく寝る宇治の橋姫よ。

ＪＲ奈良線の宇治駅から徒歩二〇分くらいのところにある「宇治市源氏物語ミュージアム」にも行った。『源氏物語』に関する専門博物館ということで、人形劇やアニメの映像も上映されており、なかなか面白かった。ついでに言えば、最近プライムビデオで、『十二単衣を着た悪魔』という映画を観た。フリーターが過去にタイムスリップして『源氏物語』の世界に入り込んでしまうという話だが、光源氏の政敵でもある弘徽殿女御《こきでんのにょうご》を肯定的に描いていた。

源氏物語ミュージアムを出て、目の前のさわらびの道を歩いた。途中、与謝野晶子の歌碑などがある。そこから宇治上神社まではすぐである。宇治上神社から宇治神社までもすぐ。近くには平等院もある。『平家物語』に登場する橋合戦で戦いに敗れた源頼政《よりまさ》は平等院で自害した。

石《いわ》清《し》水《みず》八幡《はちまん》宮《ぐう》

【住所】京都府八幡市八幡高坊三〇
【最寄り】京阪電車「石清水八幡宮」駅〜参道ケーブル「ケーブル八幡宮山上」駅すぐ

京都府八幡《やわた》市八幡《やわた》高坊《たかぼう》に鎮座。男山《おとこやま》の丘陵上にあり、男山八幡《はちまん》宮ともいう。祭神は誉田別尊《ほんだわけのみこと》（応神天皇）、比咩大神《ひめおおかみ》、息長帯比売命《おきながたらしひめのみこと》（神功《じんぐう》皇后）、市寸島姫命《いちきしまひめのみこと》。貞観元（八五九）年、奈良大安寺《だいあんじ》の僧行教《ぎょうきょう》が豊前《ぶぜん》国（大分県）宇佐《うさ》八幡大神の託宣を受けて奏請し、宇佐八幡宮に準じて六宇の宝殿を造営し、ここに神璽《しんじ》を奉安したのが創立の起源。九月一五日の例祭（石清水祭）は、古くは放生会《ほうじょうえ》といい、賀茂祭、春日祭とともに三大勅祭《ちょくさい》の一つだった。

八幡の行幸の還らせたまふに、女院の御桟敷のあなたに御輿とどめて、御消息申させたまひしなど、いみじくめでたく、さばかりの御有様にてかしこまり申さ

せたまふが、世に知らずいみじきに、まことにこぼるばかり、化粧じたる顔、皆あらはれて、いかに見苦しからむ。(『枕草子』)

帝が石清水八幡宮《いわしみずはちまんぐう》への行幸から還御の時、女院の御見物の桟敷の彼方に御輿をとどめて、御挨拶を申し上げなさった時など、たいそうすばらしく、帝というこの上ない御身分でいらせられながら、御母君に子としての礼をお尽しになるのが、たぐいもなくすばらしいと思われるにつけても、ほんに涙があふれるように落ちるので、お化粧した顔もすっかりはげ落ちて、どんなにみっともないことだろう。

石清水八幡宮は、皇室・朝廷からは鬼門《きもん》を守護する王城守護鎮護の神、王権・水運の神として厚く崇敬され、天皇・上皇・法皇などの行幸啓《ぎょうこうけい》は二五〇余を数える。『徒然草』に登場する仁和寺の法師が参拝に訪れた話も面白い。

仁和寺にある法師、年寄るまで、石清水を拝まざりければ、心憂く覚えて、ある時思ひ立ちて、ただひとり徒歩《かち》より詣でけり。極楽寺・高良《かうら》などを拝みて、かばかりと心得て帰りにけり。さて、片方《かたへ》の人にあひて、「年比《としごろ》思ひつること、果し侍りぬ。聞きしにも過ぎて、尊くこそおはしけれ。そも、参りたる人ごとに山へ登りしは、何事かありけむ、ゆかしかりしかど、神へ参るこそ本意《ほい》なれと思ひて、山までは見ず」とぞ言ひける。少しのことにも、先達《せんだち》はあらまほしき事なり。

（『徒然草』）

仁和寺にいた僧が、老人になるまで石清水八幡宮に参拝したことがなかった。そこで、ある日思い立ち、一人で歩いて行き、参拝した。ところが、この僧は、山頂にある石清水八幡宮を拝まずに、男山のふもとにある極楽寺・高良神社などの付属寺院や末社だけを拝んで、これで全部だと思って、帰ってしまった。その道に通じ導いてくれる人がいたほうがいい。

京阪電車の石清水八幡宮駅を降りると、すぐ近くに「石清水八幡宮参道ケーブル」のケーブル八幡宮口駅がある。私はケーブルカーに乗ってケーブル八幡宮山上駅まで行き、参拝後、帰りの京阪電車の中で、仁和寺の法師のエピソードを思い出した。極楽寺も高良神社も見たかったのに。これでは仁和寺の法師の逆パターンである。

平将門・藤原純友の乱以後、国家鎮護の社として人々の崇敬を集めた。本殿などは国宝に指定されている。

おわりに　紫式部と一緒に京都を歩く

古典を読んでいると二つの側面に気づく。人間のメンタリティはたかが千年くらいでは変わらないという一面と、現代よりもはるかに高度な精神文化がかつて存在したという一面である。前者なら、石清水八幡宮を参拝した仁和寺の法師の話など、現代人も同じようなことをやっていそうである。後者なら、『源氏物語』を読めば事足りる。

古典は汲みつくすことのできない泉であると小林秀雄は言う。

古典は嘗てあったがままの姿で生き長らえるのではない。日に新たな完璧性を現ずるのである。嘗てあったがままの完璧性が、世の転変をよそに独り永遠なのではない。新しく生れ変るのである。永年の風波に堪える堅牢な物体ではなく、汲み尽す事の出来ぬ泉だ。僕等はまさに現在の要求に従って過去の作品から汲むのであって、過去の要求に過去の作品が如何《いか》に応じたかを理解するのではない。現在の要求に従い、汲んで汲み尽せぬところに古典たらしめる絶対的な性質があるのだ。（「環境」）

一〇〇年前の最先端の思想などほとんど残っていない。残っているのは一〇〇年前にすでに古かった思想である。古典を読まないのはもったいない。古典を読まずに京都を旅するのももったいない。京都を旅すると、様々な古典の一節が浮かんでくる。そして紫式部や兼好法師と一緒に街を歩いているような気分になる。それは最高の贅沢だ。

適菜 収

■参考文献

『日本大百科全書』（小学館）
『デジタル大辞泉』（小学館）
『精選版 日本国語大辞典』（小学館）
『改訂新版　世界大百科事典』（平凡社）
『百科事典マイペディア』（平凡社）
『朝日 日本歴史人物事典』（朝日新聞社）
『ブリタニカ国際大百科事典』（ブリタニカ・ジャパン）
『旺文社日本史事典』（旺文社）

与謝野晶子訳『日本古典文庫４　源氏物語　上』（河出書房新社）
与謝野晶子訳『日本古典文庫５　源氏物語　中』（河出書房新社）
与謝野晶子訳『日本古典文庫６　源氏物語　下』（河出書房新社）
林望『謹訳 源氏物語―改訂新修』（祥伝社文庫）
杉本圭三郎『新版　平家物語（一）全訳注』（講談社学術文庫）
杉本圭三郎『新版　平家物語（二）全訳注』（講談社学術文庫）

杉本圭三郎『新版　平家物語（三）全訳注』（講談社学術文庫）
杉本圭三郎『新版　平家物語（四）全訳注』（講談社学術文庫）
石田穣二『新版 枕草子 上巻 現代語訳付き』（角川ソフィア文庫）
石田穣二『新版 枕草子 下巻 現代語訳付き』（角川ソフィア文庫）
武石彰夫『今昔物語集　本朝世俗篇（上）』（講談社学術文庫）
馬淵和夫、稲垣泰一他『新編 日本古典文学全集35　今昔物語集❶』（小学館）
島内裕子『徒然草』（ちくま学芸文庫）
武田友宏『ビギナーズ・クラシックス 日本の古典　方丈記（全）』（角川ソフィア文庫）
橘健二、福長進他『大鏡・栄花物語（日本の古典をよむ 11）』（小学館）
後藤重郎『新潮日本古典集成〈新装版〉　山家集』（新潮社）
小島憲之、西宮一民他『新編日本古典文学全集3　日本書紀❷』（小学館）
読売新聞大阪本社編集局編『謎解き京都―京をめぐる100の疑問に答えます―』（淡交社）
松本章男『京都うたごよみ』（集英社）
水川隆夫『漱石の京都』（平凡社）
『楽学ブックス　京都の古寺〈Ⅰ〉洛中・東山』（JTBパブリッシング）
『楽学ブックス　京都の古寺〈Ⅱ〉洛西・洛北・洛南・宇治』（JTBパブリッシング）
京都新聞ウェブ「文遊回廊」

★読者のみなさまにお願い

この本をお読みになって、どんな感想をお持ちでしょうか。祥伝社のホームページから書評をお送りいただけたら、ありがたく存じます。今後の企画の参考にさせていただきます。また、次ページの原稿用紙を切り取り、左記まで郵送していただいても結構です。

お寄せいただいた書評は、ご了解のうえ新聞・雑誌などを通じて紹介させていただくこともあります。採用の場合は、特製図書カードを差しあげます。

なお、ご記入いただいたお名前、ご住所、ご連絡先等は、書評紹介の事前了解、謝礼のお届け以外の目的で利用することはありません。また、それらの情報を6カ月を越えて保管することもありません。

〒101-8701（お手紙は郵便番号だけで届きます）
祥伝社　新書編集部
電話03（3265）2310
祥伝社ブックレビュー　www.shodensha.co.jp/bookreview

★本書の購買動機（媒体名、あるいは○をつけてください）

＿＿＿＿新聞の広告を見て	＿＿＿＿誌の広告を見て	＿＿＿＿の書評を見て	＿＿＿＿の Web を見て	書店で見かけて	知人のすすめで

★100字書評……古典と歩く大人の京都

名前

住所

年齢

職業

適菜 収　てきな・おさむ

1975年、山梨県生まれ。作家。ニーチェの代表作『アンチクリスト』を現代語訳にした『キリスト教は邪教です！』『小林秀雄の警告 近代はなぜ暴走したのか？』『日本をダメにしたＢ層の研究』（以上、講談社）、『思想の免疫力 賢者はいかにして危機を乗り越えたか』（中野剛志氏との共著）、『日本人は豚になる 三島由紀夫の予言』『日本をダメにした新Ｂ層の研究』（以上、ベストセラーズ）、『コロナと無責任な人たち』『100冊の自己啓発書より「徒然草」を読め！』『ニッポンを蝕む全体主義』（以上、祥伝社）など著書50冊以上。

古典《こてん》と歩《ある》く大人《おとな》の京都《きょうと》

適菜《てきな》 収《おさむ》

2023年４月10日　初版第１刷発行

発行者……………辻 浩明
発行所……………祥伝社しょうでんしゃ
〒101-8701　東京都千代田区神田神保町3-3
電話　03(3265)2081(販売部)
電話　03(3265)2310(編集部)
電話　03(3265)3622(業務部)
ホームページ　www.shodensha.co.jp

装丁者……………盛川和洋
印刷所……………萩原印刷
製本所……………ナショナル製本

Printed in Japan　ISBN978-4-396-11677-4　C0295